Chinola Kid

Literatura Mondadori

Chinola Kid

HILARIO PEÑA

MONDADORI

México, 2012

Chinola Kid

Primera edición: noviembre, 2012

D. R. © 2012, Hilario Peña

D. R. © 2012, derechos de edición mundiales en lengua castellana:
Random House Mondadori, S. A. de C. V.
Av. Homero núm. 544, colonia Chapultepec Morales,
Delegación Miguel Hidalgo, C.P. 11570, México, D.F.

www.megustaleer.com.mx

Comentarios sobre la edición y el contenido de este libro a:
megustaleer@rhmx.com.mx

ISBN 978-607-311-296-3

Impreso en México / *Printed in Mexico*

Para los escritores

Luis García Lecha (Clark Garrados),
Juan Gallardo Muñoz (Curtis Garland),
Francisco González Ledesma (Silver Kane),
Marcial Lafuente Estefanía, José María Lliró Olivé (Gordon Lumas)
y Antonio Vera Ramírez (Lou Carrigan)

Estas aventuras de vaqueros —escritas con toda humildad, sin la esperanza de tener lectores cultos ni con la posibilidad de expresar nada profundo, sabiendo que esas obrillas serían despreciadas por los críticos y que, aparte de darle para subsistir, nunca lo harían rico— se acercan extrañamente a la filosofía zen: "Actuar sin finalidad", "Hacer bien lo que se está haciendo", "No buscar la perfección sino la autenticidad", "Encontrar lo inagotable en el silencio del ego", "Abandonar la voluntad de poder", "Practicar día y noche sin dormir"...

ALEJANDRO JODOROWSKY
hablando acerca del autor Silver Kane

PRIMERA PARTE

LA CAMIONETA AZUL

La noche en que se le ocurrió la idea del centro nocturno atendido por chicas de talla extra grande, Francisco Gaxiola se encontraba al lado de Gustavo Ortiz, quien se entusiasmó de inmediato, por lo que ambos acordaron conseguir el dinero necesario para materializar semejante proyecto a como diera lugar. Gustavo obtendría su parte del capital chantajeando a la empresa para la que trabajaba, mientras que Francisco Gaxiola vendería sus taxis. Fue a éste a quien también se le ocurrió el concepto del anuncio luminoso frente al que se encuentra en estos momentos el cobrador Rodrigo Barajas, quien sonríe de nuevo, como siempre que ve al lobo feroz con la lengua de fuera persiguiendo a la sexy puerquita en *baby doll*.

El cobrador saluda al Michelín, el gigantesco guardia disfrazado de soldado. El Michelín lo ignora. Él también se encuentra ofendido por su visita. Lo deja pasar sin catearlo o siquiera voltear a verlo. Rodrigo Barajas sabe lo que todos ellos piensan. Hace a un lado la cortina de terciopelo y una intensa ola de calor impulsada por una cumbia frenética emanando de las bocinas le da la bienvenida.

—Hola, guapo. Qué milagro —lo saluda de beso Concha, una jovencita talla 2XL metida en un heroico short de mezclilla que cubre parcialmente sus glúteos.

—El milagro es verte sola —le dice Rodrigo Barajas al oído.

Concha se para de puntitas, con sus zapatillas en vertical, y le contesta:

—Ando mala. El patrón me hizo venir. Acabo de perder dos clientes a los que les dije que nomás andaba fichando, nada de privados. Se molestaron, que porque me habían invitado no sé cuántos tragos por nada. Yo les advertí.

—Y hoy que por fin me iba a animar… —le dice Rodrigo Barajas.

—Cállate, bocón —y Concha le propina un codazo a su amigo en la cintura.

—Ya te dije, quiero que lo tuyo y mío sea algo especial. ¿Qué tal el cine mañana? Están pasando una película de Sandra Bullock.

—Eres de los que invitan a las ficheras a salir para andar de manita sudada… Qué se me hace que sí estás casado…

—Ni Dios lo mande.

Rodrigo Barajas ubica al exitoso empresario Gustavo Ortiz, parado en el fondo, junto a las cabinas VIP, de brazos cruzados, observando muy serio la labor de sus trabajadoras.

—Mi amor, te dejo. Tengo que ir a hablar con tu jefe.

—Anda de muy mal humor.

—Es comprensible.

—Ay, no es para tanto; eso que le pasó a Francisco es uno de los riesgos de hacer dinero en Tijuana. Eso lo deben de saber muy bien antes de meterse en esto.

—Sí —le dice Rodrigo Barajas, soltándole la mano a Concha y deseando sinceramente ir algún día al cine con ella y abrazar toda esa vastedad de carne en la oscuridad de la sala, sin decirse nada, con su cabeza apoyada sobre su hombro esponjoso.

Sobre la pista, con las piernas entrelazadas al tubo de aluminio, se desliza otra joven con sobrepeso. Su hilo dental se encuentra atestado de billetes de a dólar. Los obreros bordeando la pista aúllan y hacen sonidos como hienas salvajes.

Rodrigo Barajas se coloca al lado de Gustavo Ortiz, quien finge ignorarlo. El Cóndor le llama con su mano a un joven y esquelético mesero vestido de pantalón negro, camisa blanca y corbata también negra, quien acude de prisa al llamado de su patrón.

—Cerillo, acabo de contar dos minutos sin que Berenice le haya dado un solo trago a su bebida. Necesito que hables con ella —le ordena al Cerillo, mientras apunta con su dedo hacia una chica rodeada de pandilleros, todos ellos fumando cigarros mentolados.

—Lo que pasa es que son sus amigos…

—Pues que platique con ellos en su tiempo libre. Ahora se supone que debe de estar fichando.

El Cerillo sale disparado rumbo a la mesa indicada. Les pregunta a los cuatro jóvenes de cabeza rapada y ceja delineada si no gustan invitarle otro trago a su amiga. Éstos niegan con la cabeza. Preguntan que para qué. El Cerillo toma a Berenice del brazo y se la arrebata al líder de la banda, quien no dice nada al respecto.

—Ya no te diviertes —opina Rodrigo Barajas.

—Debo cuidar mi negocio —le dice Gustavo.

— Cóndor, el Turco quiere saber por qué no le has depositado.

—Qué bueno que me dices eso porque yo quiero saber qué clase de protección me estás cobrando.

—Lo que le pasó a Paco fue un accidente.

—¿Me estás diciendo que, de algún modo, Paco tropezó al salir de aquí y cayó por accidente en la camioneta de sus secuestradores?

—La protección por la que han venido pagando todo este tiempo vale para que todos los días pudieran cerrar su burdel hasta las nueve de la mañana y abrirlo de nuevo a las once, y eso sin que nadie les dijera nada. En teoría, eran intocables. Esto lo ha dejado bien claro el Turco. El Charmín no respetó este mandato y murió por ello. Yo mismo me encargué de eso. Lo que no podemos hacer es indultarte el pago. Los demás clientes comenzarían a hacer lo mismo.

—¿Qué me estás diciendo?

—Estamos a treinta. Te vamos a dar la oportunidad de que deposites mañana, 1º de diciembre. Si no lo haces, prepárate para ir cerrando a las tres. Prepárate también para quedar a merced de vagos como el pelón que está ahí, con la cicatriz en la cara y la boca abierta. Lo conozco, lleva tres joyerías que asalta en lo que va de este año. Paga su cuota. No dijo nada cuando el Cerillo se llevó a Berenice porque me vio contigo. Imagínate lo que pasará cuando vagos como ése sepan que no tienes a nadie que te proteja.

—Formaré mi propio equipo de protección.

—¿Cómo harás eso?

—He estado hablando con don Gilberto —le dice el empresario, sin voltear a verlo.

Rodrigo Barajas no puede creer lo que acaba de oír. La sola mención de ese nombre la siente como una amenaza a la organización a la que pertenece.

—¿Ya te enteraste? —se atreve a preguntar.

—¿De qué? ¿De que tu patrón fue tan ingrato como para preñar a la nieta del hombre que lo trajo a Tijuana?

—Eso no cambia nada.

—Te equivocas, Rodrigo, eso cambia por completo las cosas.

—¿Qué le digo al Turco?

—Lo que te acabo de decir.

—Estás cometiendo un grave error, Cóndor.

—Sé lo que hago.

—No se diga más —y Rodrigo Barajas le extiende su mano.

Gustavo Ortiz la observa. Sigue cruzado de brazos. No contesta al saludo. Sigue enojado.

—Suerte.

Rodrigo Barajas da media vuelta. Va rumbo a la salida. Se topa de nuevo con Concha.

—¿Ya te vas?

—Sí, hermosa —y le propina un beso en la mejilla—. Te aconsejo que te consigas otro trabajo.

—¿Pero por qué?

—Éste no tiene futuro.

* * *

Por un inapropiado exceso de confianza la criada chiapaneca Rafaela Méndez deja pasar a Rodrigo Barajas, quien ahora se dirige al estudio del Turco, donde interrumpirá una reunión que se está llevando a cabo en esos momentos. Sobre la pared se proyecta el plano de lo que parece ser una pista de aterrizaje clandestina.

—¡Les aseguro que esa pista en El Tecolote se va a construir! —alza la voz el Turco.

—¿Y si Gilberto gana las elecciones? —le pregunta un centroamericano vestido de manera formal.

—Es que no las va a ganar.

—¿Cómo lo sabes?

—Estoy trabajando en ello.

—¿Cómo se llama este candidato que dices? —pregunta uno de los asistentes a la junta.

—Julio Torrontegui —le informa el Turco.

—Turco, ¿estás ocupado? —interrumpe Rodrigo Barajas.

—¡Hermano! Espérame afuera, ahora mismo voy contigo.

El Turco se excusa. Le promete al resto de sus invitados que no se demorará demasiado.

—Gustavo no quiere pagar —Rodrigo Barajas, como siempre, va directo al grano.

—¿Cómo? —pregunta el Turco, aún sudando y bastante nervioso.

—Dice que don Gilberto lo va a proteger.

—Sí, lo sé.

—Te advertí lo de Criséida.

—¿Y qué querías que hiciera? ¿Que la corriera de mi cuarto a esas horas de la noche? Tú la viste ese mismo día en traje de baño, ahora imagínatela encuerada y esperándote en tu propia cama…

—El viejo la llevó a la reunión porque tenía confianza en nosotros, no porque deseara ser bisabuelo… Si tan sólo hubieras reconocido a la criatura…

—Sinceramente le tengo más miedo a Imelda que a ese viejo.

—¿Qué vas a hacer con respecto al Cóndor?

—Yo me encargo de eso. Tengo otro trabajo para ti.

—Encargárselo al Apache.

—No vas a matar a nadie.

—¿De qué se trata?

—Necesito que vayas hasta Los Pinitos a llevarle una camioneta a mi madre. Me urge. Es su regalo de Navidad.

—¿Y la madrina?

—No se anima.

—Por qué.

—Está muy alta y lujosa. Le da miedo. ¿Le entras?

—Mientras no tenga nada que ver con disparar un arma…

—¡Vientos! Pero escúchame bien: no le digas a nadie que vas de parte mía.

—¿Y eso?

—Tú hazme caso.

—Está bien.

—A nadie…

* * *

Veintirés de diciembre de 2010. El regalo de Navidad con destino a Los Pinitos es una F150 color azul, con placas de Nevada, rines cromados de 20 pulgadas y suspensión levantada. Rodrigo Barajas entendió por qué la madrina se negó a llevarla. Demasiado riesgo para un hombre común y corriente. Él no se ve a sí mismo como un hombre común y corriente. Se ha esforzado en no serlo. Rodrigo Barajas se considera el último profesional en un negocio plagado de amateurs. No, no sabe kung fu, ni karate, ni jiu-jitsu. Él simplemente actúa cuando la situación se lo pide. Sin titubeos. Por ello es el hombre indicado para este trabajo, lo cual lo enorgullece.

Antes de llegar a Caborca, Rodrigo Barajas se topa con la lenta caravana de emigrantes nostálgicos, emprendiendo todos el regreso a su terruño. Viajando siempre hacia el sur. Nadie viaja hacia el norte en diciembre. Rodrigo Barajas lo hará dentro de poco, ya que haya entregado *el caballo*.

Un carril de ida y otro de venida. Rodrigo Barajas viaja a sesenta kilómetros por hora. Demasiado lento. Está pensando en rebasar. Delante de él va un ruidoso y pequeño Honda Civic color verde fluorescente. Detrás una camioneta Tacoma de doble cabina con un remolque. Placas de Arizona. Rodrigo Barajas se asoma un poco al carril derecho. No ve nada. Rebasa al carrito verde. Se mete de nuevo a su carril. Ahora tiene un autobús de pasajeros enfrente. Voltea a ver al espejo retrovisor. El automóvil japonés ya no está ahí. Lo que tiene detrás es la Tacoma con el remolque. De nueva cuenta. Rodrigo Barajas recuerda a sus tripulantes. Una familia de *pochos*. Pararon junto a él en la última gasolinera. Una pareja y dos niños. Una niña como de nueve y un niño un poco menor. Cada uno enredado en su respectiva manta. Padeciendo frío mientras estiraban los pies. Ahora que lo piensa, la Tacoma lo ha venido siguiendo desde Sonoyta. Prácticamente iniciaron el camino juntos. No se la ha podido quitar de encima. Aun así, a Rodrigo Barajas le cuesta trabajo pensar mal de una familia como ésa.

Dan las diez de la mañana y Rodrigo Barajas sigue manejando en dirección sur, en medio de la parsimoniosa caravana. Rebasando en diversos tramos. Con la Tacoma pisándole los talones en todo momento. Rodrigo Barajas no se permite el lujo de descansar. Va con retraso. *El caballo* debe arribar a Bahía de Venados el 25 de diciembre, a más tardar. Rodrigo Barajas se pregunta si eso será posible. Por lo pronto ha decidido parar por un taco al llegar a la caseta de Santa Ana. Como era de esperarse, la Tacoma se detiene junto con él.

Rodrigo Barajas estaciona su camioneta sobre la grava e ingresa a la fonda. Se escucha el chasquido de una mosca al entrar en contacto con la trampa eléctrica ubicada junto a la entrada. Más al fondo, la rockola reproduce "Una lágrima y un recuerdo", interpretada por Los Cadetes de Linares. Otro chasquido más. Y luego otro.

Sillas de madera pintadas de blanco y mesas con manteles de lona cuadriculada dentro del local oloroso a chorizo.

—Dos burros —pide Rodrigo Barajas, parado frente a la caja registradora.

—¿De qué van a ser? —pregunta la cajera.

—¿De qué tiene?

—De machaca, de huevo con chorizo, de frijoles puercos, de chicharrón, de…

—Me da uno de chicharrón y otro de chorizo. Y una cerveza de ésas.

La mujer saca los burros de una hielera. Los coloca sobre un plato de polietileno. Hace entrega ahí mismo. Enseguida va por la cerveza.

—Los salseros están en la mesa —le informa.

—¿Cuánto va a ser? —pregunta Rodrigo Barajas.

—Setenta pesos.

—Yo pago —interviene el conductor de la Tacoma, con un billete de veinte dólares en la mano. Un tipo moreno y de baja estatura, con una enorme chamarra de los Soles de Phoenix encima.

Rodrigo Barajas lo observa con desconfianza. Da media vuelta. Elige una mesa muy cerca de ahí. El pocho lo sigue. Trae sus propios burros. Se sienta junto a él.

—Huele muy bien aquí adentro.

—…

—Espero y estén buenos… —dice, mientras coloca un poco de salsa verde dentro de su burro de machaca.

—…

—Si es así, le compro unos a mi familia… —y da la primera mordida.

—¿Qué quieren de mí?

—¿Qué?

—Me han venido siguiendo desde Sonoyta. ¿Qué quieren?

El pocho pasa su bocado con ayuda de su refresco sabor a piña.

Comienza:

—Mi nombre es Jaime Aguayo.

Rodrigo Barajas no da el suyo. Da una mordida a su burro de chicharrón sin quitarle la mirada de encima a su interlocutor.

—Mi familia y yo tuvimos que salir de Arizona. Trabajé de ayudante de chef en un restaurante tailandés. Me compré esa camioneta… A ver de qué vivimos en nuestra tierra, ¿verdad…? Somos de Nayarit. Todo lo que tenemos va en ese remolque. Hemos estado escuchando que ha habido muchos asaltos por la carretera este año. Más que en el pasado. Que se instalan retenes donde te quitan todo a punta de metralleta. Que acaban de rafaguear a una familia entera porque no se pararon, me dijo mi compadre. Que eso no sale en las noticias… Por eso cuando lo vimos en ese camionetón, solo y sin miedo, mi esposa y yo pensamos que sería bueno si viajábamos cerca de usted, para que no nos pasara nada.

—Y esperan que saque el cuello por ustedes en caso de un asalto en la carretera, ¿cierto?

—Bueno, no tanto como eso, pero al menos que…

—¿Quieren un consejo?

—Por favor.

—Dejen de seguirme.

—¿Le molesta que lo hagamos?

—Lo digo por su propio bien.

—¿Por qué? ¿Está metido en problemas? No es de mi incumbencia, verdad…

—Llevamos rutas distintas.

—¿Usted para dónde va?

—Bahía de Venados.

—Queda para donde vamos nosotros.

—Pienso abandonar la carretera federal.

—¿Por qué?

—No soy bueno lidiando con los militares. Me ponen nervioso.

—¿Y qué hará?

—Tomaré una desviación antes de llegar al Descanso.

—¿Podemos ir con usted?

—No se los recomendaría.

—Nosotros tampoco les tenemos confianza. El año pasado le robaron a Brian su iPod.

—Les salió barato.

—¿Cómo?

—Es la cuota que tenían que pagar.

—¿Pero por qué no podemos seguirlo?

—Es muy peligroso.

—Pero no para usted, ¿cierto?

—Puedo arreglármelas.

—Teme que seamos un carga.

Rodrigo Barajas analiza al tipo que tiene delante. Es un buen hombre. Siente pena por él. ¿Cuántos mexicanos no estarán en su misma situación? Sintiendo el terror de regresar a su país de origen y de encontrarlo más salvaje que nunca. Muertos de miedo, con todo el peso de sus familias sobre sus hombros y con un futuro de lo más negro por delante.

Rodrigo Barajas le vuelve a dar gracias a Dios por su libertad. Siente que está en deuda con él. Por lo afortunado que ha sido durante todo este tiempo. De pronto siente que tiene que hacerse cargo de esta ovejita suya, atravesando el cerro lleno de lobos.

—Está bien.

—¿De verdad?

—Pero ustedes irán por delante.

—¿Por qué?

—No más preguntas.

—Está bien.

—Tomarán la desviación hacia Los Pinitos. Se encuentra a unos veinte kilómetros más adelante.

—Entendido.

—Eso espero.

—Vamos, déjeme le presento a mi esposa.

Ambos hombres se levantan de la mesa. Jaime Aguayo lo hace primero. Rodrigo Barajas va detrás de él. La situación se torna incómoda. La esposa de Jaime Aguayo debe tener unos veintisiete años de edad. Rodrigo Barajas la conoció hace once. Tamara García. No ha cambiado demasiado. Al igual que antes, sigue mascando chicle con la boca abierta.

—¿Te acuerdas de mí? —le pregunta, sacando su mano fuera de la ventanilla para saludarlo y entregarle de paso el pequeño pedazo de papel con el número de su teléfono celular.

Tamara lleva encima un suéter de algodón color azul con la marca Champion tejida en el pecho.

—¿Ustedes dos se conocen? —pregunta el marido.

—Somos de donde mismo —responde ella, sin quitarle la mirada de encima a Rodrigo Barajas.

—¿Es el tipo del tatuaje, verdad? El mentado Rodrigo… Lo sabías… ¿Por qué no me lo dijiste?

—*Dad, dad! The movie is over. Can you put the Iron Man* DVD *again?* —grita el chiquillo.

—*You're out of your freakin' mind? We've already watch that crap more than ten times this week!* —se queja la niña.

—Brian, le toca a tu hermana ver una película, y hablen español los dos, están en México —les informa Jaime Aguayo.

—*Is not fair!* —protesta el mocoso.

—Necesitamos ponernos en marcha —propone Rodrigo Barajas, dando media vuelta y dirigiéndose a su vehículo.

* * *

Son las seis y media de la mañana de un domingo en un pequeño pueblo ubicado al suroeste de Sinaloa llamado el Guajolote. Un joven y recién confesado Rodrigo Barajas se prepara para recibir la hostia al lado de sus abuelos, cuando don Regino, el herrero del pueblo, interrumpe la misa para avisar que le han disparado en el estómago al comisario Barajas, solicitando la presencia inmediata de don Octavio, el doctor.

Rosendo se lo había advertido a su hijo, su asociación con Gilberto Sánchez no le dejaría nada bueno.

—¿Pero por qué tienes que estar protegiendo las propiedades de un mafioso? Ése no es tu trabajo, hijo. Te vas a meter en un problema —le dijo don Rosendo, en su casa de abobe, luego de la cena.

—Padre, sin ese mafioso, como tú le dices, el Guajolote estaría muerto —le contestó Roberto Barajas.

—Este pueblo siempre se las ha arreglado para sobrevivir.

—El mundo ya no es como antes, cuando uno podía sobrevivir trabajando honradamente. Eso no paga. Don Gil nos está dando empleo a todos.

—La gente nomás se la pasa buscando un pretexto para dejar de hacer lo que es correcto.

—¿Quieres decir que mi trabajo ahora es tan sencillo como el que tú tenías cuando estabas de comisario? Nomás arrestando borrachos y confiscando cartas marcadas. ¡Cuánto me hubiera gustado haber estado en esos tiempos!

—Hijo, ¿por qué no te vas a buscar a Matilde? Luego vienes por Rodrigo…

—Eso es asunto mío, papá.

—Tienes razón.

* * *

Luego de la muerte de Roberto Barajas, a inicios de la famosa Guerra del Guajolote, Rodrigo pasará la mayor parte de su infancia al lado de su abuelo, en el húmedo puerto de Bahía de Venados, donde trabaja su tía Alicia como empacadora de camarón, quien por fin ha logrado convencer a sus padres de irse a vivir con ella, con todo y su sobrino, al que poco soporta. La manera seria de vestirse y de comportarse por parte del muchacho se la deberá a la gran cantidad de tiempo que pasa al lado de su abuelo. Su tutor. Muerto a los setenta y tres de cáncer en la próstata, cuando el muchacho apenas cumplía los catorce.

—Prefiero pegarme un tiro antes de que un doctor me meta su dedo para tocarme ahí adentro — fue lo que le dijo Rosendo a su hija Alicia, un par de años antes de fallecer.

—Papá, por favor…

—Ya nomás estoy robando oxígeno.

—No diga eso.

— Hija, no vayas a dejar que este muchacho se meta de policía.

—Pues entonces usted deje ya de ver tantas películas de vaqueros con él…

—Es que le gustan…

—Es con lo que se le calienta la cabeza… Va a terminar igual que su padre…

—Este muchacho va a estudiar, ¿verdad que sí, Rodrigo?

—Sí, abuelo.

* * *

A sus diecisiete años de edad y harto de trabajar en los supermercados, Rodrigo Barajas pasa doce horas seguidas parado en la esquina. Con la espalda recargada sobre la fachada de la tienda donde una joven llamada Tamara García entra y sale al ir en pos de sus fritangas, las cuales se muestran incapaces de hacerle engordar otra cosa que no sean sus glúteos y pechos, ambos a punto de reventar la pequeña tela elástica que lucha por contenerlos. Es lo que le gusta de trabajar esa esquina a Rodrigo Barajas, el ir y venir de la chica precoz, consciente de su enorme poder en este mundo en el que le tocó nacer. Lo que a ella le gusta de él es su guapura y ese esmerarse en lucir como una persona mayor, con su cabello peinado hacia atrás y su bigote castaño.

Rodrigo Barajas la mira con el rabillo del ojo. Su trabajo le exige esa habilidad. Está entrenado para ello. Para estar siempre alerta. Sin voltear jamás a ver a Tamara, ni a ninguna otra chica voluptuosa que camine con escasa ropa frente a él.

A Tamara le intriga el hecho de que el muchacho de la esquina no se comporte como el resto de los hombres. Que no se turbe ante su presencia. Cosa rara. Ni siquiera cuando se atreve a saludarlo con uno de esos arqueos de ceja capaces de demoler cualquier barrera psicológica.

—Ni me voltea a ver.

—¿Será vicioso? —le pregunta su mejor amiga, un mujerón de metro ochenta y tres conocida como la Rotoplás, por el supuesto parecido que tiene con los tinacos de color negro cuyo nombre comercial es ése.

—No creo. Por lo regular tienen cara de tontos… Éste no la tiene.

—¿Será maricón?

—Menos.

—¿Cómo lo sabes?

—Lo sé.

Lo que no le gusta a Rodrigo Barajas de esa esquina es su cercanía con la universidad, y el hecho de que muchos estudiantes sean sus clientes. Esto por innumerables razones.

Le molesta un comentario en especial que parece salir de la boca de todos ellos.

—Ya deberían de legalizar esta madre.

—¿Y a mí qué me dices? —le gustaría contestarle a todos ellos.

Pero no. Rodrigo Barajas suele colocar su instinto de comerciante siempre por delante. Lleva meses rumiando la idea de venderles orégano, sin embargo teme meterse en un problema con su patrona.

—Todavía no es momento de sacarle plática —calcula fríamente Rodrigo Barajas, viendo ir y venir a Tamara García.

Lo que le llama la atención de aquella chica de dieciséis años no es tanto su voluptuosidad, sino su astucia, su habilidad para conseguir lo que ella quiere, y para actuar conforme a las reglas dictadas por la madre naturaleza, de manera muy entendida. En pocas palabras: su sabiduría. La cree hecha del mismo material del que él está hecho.

Dos trenes a punto de chocar, diría la madre de Tamara García, temerosa de lo inevitable.

Se lo han advertido muchas veces:

—Esa hija que tienes te va a hacer abuela antes de que cumplas los treinta.

Y ahora este ir y venir de Tamara a la tienda la comienza a poner nerviosa. Puede ver el alcance del chico parado en la esquina. Sabe que el choque de trenes está por ocurrir. Sabe que es cuestión de tiempo. Sabe que el muchacho se encuentra cocinando su plan. Lo sabe por las miradas que no le dedica a su hija. Por eso más que nada.

—¿Para dónde vas? —es todo lo que le dice Rodrigo Barajas a Tamara García, la primera vez que le dirige la palabra.

Detesta hacerse el ingenioso.

Nada mejor que ir directo al grano.

La chica iba de regreso a su casa con la enorme botella de Coca Cola en sus manos. Descalza. Corriendo de puntitas, por lo caliente del pavimento.

—¿Qué? —se voltea—. ¿Me hablas a mí? —con esa mirada que haría derretir a cualquier otro muchacho.

—¿A quién más? —le pregunta Rodrigo Barajas.

—Pues, ¿para mi casa? ¿Por qué? —le dice la joven.

—¿Por qué no vamos a dar una vuelta?

—¿Adónde me vas a llevar?

—Al bufé.

—¿A qué bufé?

—Al de la comida china, a cuál otro.

—¿Eres rico?

—Tú no te preocupes.

Tamara no lo puede creer. La están invitando ni más ni menos que al bufé de la comida china. Un sitio donde por cuarenta pesos te puedes atiborrar de todos los chunkunes, camarones enchilados y arroz frito que uno esté dispuesto a comerse. Y, por si fuera poco, con derecho también a ensalada de frutas, postre y té helado.

Este tipo sí que tiene clase, *piensa.*

Me está invitando al bufé…

—*Ahora salgo, me voy a cambiar* — le dice Tamara.

La madre, quien se percata de la escena recién ocurrida en la calle, contesta lo siguiente al permiso solicitado por su hija:

—*No.*

—*¡Pero me invitaron al bufé!*

—*¡Tú no vas a ir a ningún lado! ¡Y menos con ese pelafustán!*

—*¡Por qué no!*

—*Estás muy chiquita para que andes metida en esas cosas.*

—*A mi edad tú ya me habías tenido a mí.*

—*¡Por eso mismo! No quiero que te pase lo mismo.*

Los trenes colisionan a la mañana siguiente. Mientras la señora hace las compras en el supermercado y su marido se encuentra transportando un viaje de tomate a California, Sofía sale tranquila dejando a su hija bajo llave. Al poco rato la chica golpea la ventana de vidrio con sus nudillos. Hace venir al muchacho.

—*¿Qué te pasó ayer?* —*pregunta Rodrigo Barajas.*

—*No me dejaron salir.*

—*¿Y hoy?*

—*Me dejaron bajo llave.*

—*¿No la puedes abrir?*

—*La puerta del patio sí. Ayúdame a subir a la azotea y nos vamos.*

—*Claro.*

* * *

La desviación hacia Los Pinitos, en la sierra de Sinaloa, se encuentra mucho más solitaria de lo que Rodrigo Barajas esperaba. La calmosa procesión de santa closes provenientes del norte, con sus vehículos cargados de regalos de Navidad para los parientes pobres encallados en el sur, los hizo arribar al camino ascendente y serpenteante de Los Pinitos a las cinco de la tarde, ya con el firmamento color morado, volviéndose más y más oscuro. Demasiadas leyendas negras se cuentan acerca de este camino. Leyendas que a hombres más sensatos les hubieran hecho cederles con los ojos cerrados todos sus aparatitos electrónicos a los soldados con tal de no tener que pasar por ahí. *Pero así es la esclavitud del mundo material*, le dio por filosofar a Rodrigo Barajas, no porque realmente le preocupasen ese tipo de cosas, sino porque tal conclusión enlazaba bien con las otras cuestiones que iba cavilando.

¿Por qué no traje pistola?, se pregunta Rodrigo Barajas.

Delante de él, Tamara García saca su delgado y dorado brazo fuera de la ventanilla, con la mano abierta, moviéndolo de manera ondulatoria, como saludándolo. Rodrigo Barajas aprieta con fuerza el papel con su número de teléfono. Las luces altas en el espejo retrovisor, aproximándose a alta velocidad, lo hacen sospechar que cometió un error al permitir que la familia de Tamara lo siguiera por este camino. El golpe en la defensa por parte de la otra camioneta se lo confirma.

Los disparos en la fría noche lo hacen frenar en seco.

* * *

Tamara García no puede creer el hecho de que esté viajando en un taxi libre. Ni siquiera su madre se da esos lujos. Ellas siempre viajan en camión urbano.

El taxista escucha "Tatuajes", a cargo de Joan Sebastian, en el modesto equipo de sonido de su vehículo.

—¿Qué música te gusta? —le pregunta Tamara a Rodrigo Barajas, camino a la comida china.

—De toda —responde el muchacho, encogiéndose de hombros.

—Pero cuál te gusta más.

—Me gustan *Los Invasores de Nuevo León.*

Rodrigo Barajas recuerda haber visto un caset de Los Invasores de Nuevo León en la camioneta de su padre. Recuerda a Lalo Mora *en la portada de aquel caset, con su tejana, su chamarra de piel, su tez roja, su bigote castaño y aquellos ojos pequeños y rencorosos de* más te vale que no te metas conmigo, hijo de tu puta madre. *Javier Ríos, a la izquierda, parecía uno de esos pistoleros jóvenes que hablan poco pero que cuando los hacen enojar sacan su revólver y terminan ahí mismo la discusión.*

El caset incluía canciones como "El corrido de Laurita Garza", de una maestra que mata a su novio por despecho y luego se mata ella también. Con una escuadra cortita.

Si a mi papá le gusta esta música quiere decir que no es cualquier mariconada, *solía pensar Rodrigo Barajas.*

—*¿Y a ti qué música te gusta?*

—*De toda también... Me gusta mucho el Coyote...*

—*¿No te importa que esté un poco gordo?*

—*Me refiero a su música... Aunque tampoco me haría del rogar* con él.

—*Entonces sí te atraen los gorditos.*

—*El dinero es el dinero.*

Tardaron menos de cinco minutos en llegar al restaurante.

—Guau, qué bonito está aquí —*le dice Tamara, mientras Rodrigo Barajas le sostiene abierta la puerta del bufé—. ¡Y tiene aire acondicionado!*

—*¿Nunca habías venido?*

—*No.*

—*¿Comel aquí, o pala lleval?* —*les pregunta el mesero oriental.*

—*Pasaremos al bufé* —*contesta Rodrigo Barajas, muy seguro de sí mismo, con su espalda muy derechita y su paso firme.*

—*Adelante.*

—*¿Dónde te quieres sentar?*

La chica sigue sin creérselo. Esto parece un sueño hecho realidad.

—*Allá* —*apunta Tamara, señalando una de las cabinas pegadas a la orilla del establecimiento.*

—*Agarra tu plato y vamos a servirnos.*

Tamara García no halla ni por dónde empezar. Arroz cantonés, chop suey, pollo kung pao, pollo almendrado, pollo con piña, pollo cantonés, camarón con brócoli, camarón enchilado, chun kun, chow mein, caldo de aleta de tiburón…

—*¿Cómo le hacen para encoger esos elotitos?*

—*Les ponen un químico.*

—*Ah.*

Se sientan muy juntos uno del otro. Otra pareja los observa. Una pareja mayor. El hombre tiene unos treinta y cinco. La mujer posiblemente treinta cuatro. Luce mayor, por lo maltratado de su cabello y por su tipo de cuerpo también.

—*¿Iremos a vernos así algún día?* —*pregunta Tamara, con terror, viendo de frente a la muerte.*

—*Ojalá y no.*

* * *

—Buchones— dice Rodrigo Barajas, aún frotándose la cabeza por el cachazo recién recibido.

Por el tipo de tierra sobre las botas de sus atacantes y sobre su caras, Rodrigo Barajas intuye que venían de un lugar árido, donde el suelo es más bien seco. Allá arriba, en Los Pinitos, la tierra es chocolatosa, aun cuando no llueve.

—Uno no come y defeca en el mismo lugar —concluye.

Luces altas sobre la carretera interrumpen sus pensamientos. Se aproxima una patrulla de los Ángeles Verdes. Va en busca de algún desamparado al cual socorrer. Rodrigo Barajas la deja pasar. Comienza a caer la medianoche. Una densa capa de neblina llega a sus pies. Rodrigo Barajas siente un poco de frío. Opta por subir la cremallera de su chamarra. El tecolote parado sobre una de las ramas del abeto ubicado frente a él lo observa con seriedad. Se aburre. Voltea para otro lado. Rodrigo Barajas hace lo mismo.

—Lechuza —dice.

Rodrigo Barajas dirige al cielo una mirada escrutadora, en busca de respuestas. Es en ese preciso momento que una estrella fugaz surca el firmamento hacia el oeste. Rodrigo Barajas decide bajar de la pequeña cordillera en esa dirección. Cree en ese tipo de señales. Se siente guiado por una fuerza cósmica que lo protege, que lo anima a continuar con su cometido. ¿Su cometido? El llevarle la camioneta azul a la madre del Turco. De ello depende su honor, el único bien que atesora en este mundo raro, infestado de vagos y haraganes.

Rodrigo Barajas abandona la carretera. No desea llamar la atención. Avanza a campo traviesa. El trayecto es rocoso y resbaladizo, sin embargo sus resistentes botas de pitón le protegen el tobillo de torceduras.

Rodrigo Barajas recuerda los gratos momentos pasados al lado de Tamara, durante su época de asaltantes, en Tijuana.

¿Qué le ha pasado?, se pregunta.

¿Acaso no me dejó porque nuestra relación se había tornado demasiado aburrida?

¿Prefirió eso *a lo que yo le ofrecía?*

Rodrigo Barajas decide ir por ella hasta Nayarit y preguntárselo, ya que acabe con esto. Por lo pronto va en busca del arroyo que está seguro de encontrar muy cerca de ahí. El arroyo que por lógica lo llevará hasta el pueblo más cercano.

No es tan sencillo como lo pensaba. Rodrigo Barajas ahora respira por la boca. Se encuentra cansado. Ha tomado una pésima decisión. Troncos y más troncos de pinos a su alrededor. Del arroyo ni sus luces.

¿Debió haber dejado a su suerte a la familia de Tamara, en manos de aquellos maleantes?

Eso nunca.

Detonaciones en serie lo extraen de sus pensamientos. Metralletas de alto poder son accionadas a lo lejos. Rodrigo Barajas sigue el sonido de los disparos. Sabe que va en la dirección correcta. El altercado se extiende por más de dos horas. Luego el silencio. El cielo se nubla poco a poco.

Extraño para esta época del año. Aun así, las nubes tapan las constelaciones que le sirven de referencia. Rodrigo Barajas no puede más. Se encuentra frente a un claro en el bosque cubierto de amapolas. Se sienta al pie de un ocote, fatigado. Mete las manos a las bolsas de su chamarra. Se encoge de hombros, con tal de que éstos protejan su cuello del frío. Se acomoda un poco mejor. Descansa su cabeza contra el tronco del árbol. Cierra los ojos. Espera soñar con Tamara. No lo consigue.

Lo despiertan los ladridos de un pastor alemán acompañado por el canto de un ruiseñor. Es de mañana. Junto al perro se encuentra un anciano extremadamente alto, de barba blanca y larga, pantalón y chamarra de mezclilla, morral de ixtle al hombro y carabina 30-30, con la cual le apunta a Rodrigo Barajas.

—Buen día.

—Buen día.

—¿Dónde queda el pueblo más cercano?

—Viene huyendo de él: Los Pinitos.

—No, quiero decir, más abajo.

—Está El Tecolote, pero no le recomiendo ir allá.

—¿Por qué no?

—No hay nada qué ver, está vacío. Sólo los peores decidieron quedarse.

—Usted trabaja para ellos.

—Para los que se llevaron su camioneta no.

—¿Quiénes son ésos?

El gomero lo piensa por un instante. Voltea en todas direcciones, con semblante preocupado.

—¿Tiene tabaco?

Rodrigo Barajas extrae la cajetilla de su chamarra y se la ofrece al viejo, quien toma un cigarro. Rodrigo Barajas se pone de pie para encendérselo.

El gomero da una chupada.

—¿Quiénes se llevaron mi camioneta?

—Ésos serían los Zúñiga. El muchacho con cara de tonto, el que le dio el cachazo en la cabeza, ése es Adalberto Zúñiga, hijo de Ramona y de Ruperto Zúñiga.

—¿Ellos no siembran amapola?

—El Turco les dio la concesión de la marihuana, pero no están conformes. Ninguno lo está. Por eso se la pasan peleándose entre sí. ¿Escuchó los tiros anoche?

—Sí.

—Volvieron a agarrarse.

—Duró como dos horas.

—Sí.

—¿Este campo de quién es?

—Se lo cuido a los Guerra.

—¿Ellos viven en El Tecolote?

—Sí, junto a sus matones.

—Lo que no entiendo es por qué, si ya tiene el negocio de la marihuana por el lado de sus padres, este muchacho Zúñiga se molesta en andar asaltando los caminos.

—Le cayó la plaga a la última cosecha. El año pasado se la quemaron los militares. Les ha ido muy mal últimamente.

—¿Dónde está el arroyo?

—¿Cuál arroyo?

—El que me lleva hasta allá.

—¿Acaso no lo escucha?

Tiene razón el viejo. Por debajo del canto de los jilguerillos se escucha el rumor de una lánguida corriente de agua, muy cerca de ahí.

—¿Llega hasta el pueblo?

—Se ha estado secando un poco antes, pero ahí está su rastro todavía.

—Gracias.

—Se lo voy a poner más fácil, siga mi mano, cuente uno, dos, tres cerros, ¿ve los dos que están más allá, color café, con forma de joroba de camello?

—Sí.

—Pues bajando está El Tecolote. A partir de ahí no se da nada. Bueno, quizá uno que otro ocotillo y biznaga, pero nomás.

—Gracias —le dice Rodrigo Barajas.

—¿Qué es lo que piensa hacer en ese nido de víboras?

—Voy a recuperar mi camioneta.

—¿Usted solo?

—Sí.

—Pregunte por mi sobrino, Felipe Román. Tiene una fonda, en la que no se paran ni las moscas. Su hijo le hace a la mecánica. Bueno, es lo último que supe. Dígale que lo manda su tío, Salvador, de Los Pinitos.

—Así lo haré.

* * *

Los tatuajes más horribles de todo México se consiguen en casa del Chupacabras, un antiguo picadero en el que fallecieron tres personas —una por sobredosis y dos apuñalados—, con piso de tierra y ladrillo visto en las paredes por falta de revoque, ubicado en la colonia Obrera.

—*Venimos por un tatuaje.*

—*Adelante —les dice el Chupacabras, volteando para ambos lados de la calle antes de dejarlos pasar.*

El Chupacabras saca la máquina de tatuar del clóset. Luego coloca un casete de reggae *en la grabadora y pulsa* play.

—¿*Qué es lo que van a querer?* —*pregunta el artista, con sus ojos adormilados y el labio inferior colgándole de manera grotesca.*

—*Tamara y Rodrigo, adentro de un corazón.*

—¿*Y tú?*

—*Dibújala a ella, más o menos de este tamaño. Aquí en mi brazo.*

—¿*En short y melena?*

—*Sí.*

—*No sé cómo me vaya a quedar.*

—*Inspírate.*

—¿Y ya no te debo nada?

—Nada.

—¿Quieren letra chola?

—No —dice Tamara.

—La normal no me sale.

—Letra chola entonces —dice ella.

—Tengo tinta azul nada más.

—Está bien.

—¿Quién se lo va a hacer primero?

—Yo —dice Rodrigo.

—Súbete la manga.

El Chupacabras dibuja la sonrisa de Tamara demasiado amplia, sus dientes demasiado grandes y sus pestañas un tanto exageradas. El cuerpo le queda mejor. Al menos lo hace curvilíneo. Es imposible resultar exagerado con una silueta como la de Tamara.

—¡Está hermoso! —opina Tamara.

—Eres todo un artista.

—Sigues tú.

* * *

Los encinos se van transformando en guanacastes, de ahí en guamúchiles, muy espaciados unos de otros. Los pinos se convierten en yucas. Las ardillas y los castores en víboras y tlacuaches. La tierra comienza a cambiar de color. Pasa del café más oscuro al ocre en cuestión de kilómetros. El arroyo termina abruptamente.

Ahora Rodrigo Barajas se encuentra en medio de una parcela de garbanzo. Abandonada con todo y rastra. Continúa su marcha. Camina kilómetros y kilómetros de un valle descuidado. Rodrigo Barajas se topa con más de treinta esqueletos de ganado en el camino. Lo siguen dos zopilotes volando muy de cerca. El sol le quema el lomo, sin embargo no se desanima, sabe que detrás del otero que tiene enfrente se encuentra el pueblo del Tecolote.

Deben ser más o menos las tres de la tarde, calcula. Un sahuaro con sus manos arriba le da la bienvenida. A pesar de haber levantado sus brazos, el enorme cactus tiene perforaciones hechas por balas de grueso calibre en todo su cuerpo. A poca distancia de ahí, la iglesia se encuentra igual, con orificios de bala hasta en el campanario.

Herejes, piensa, mientras se persigna.

Son los peores.

Los habitantes de las pequeñas casas de adobe se asoman por la ventana para observar al forastero caminar por la vereda que poco a poco se va convirtiendo en calle empedrada. Frente a él, la ferretería El Tecolote se encuentra tapizada por propaganda del candidato a la gubernatura estatal, el exnarcotraficante Gilberto Sánchez. El negocio es atendido por un hombre robusto y mal encarado, el cual conversa con lo que parece ser un afilador. Ambos lo observan fijamente.

—Buenas tardes.

No recibe respuesta.

—¿Tiene un poco de agua que me regale? —pregunta Rodrigo Barajas, con la mirada fija en el garrafón frente a él.

—No, no tenemos —se le contesta.

Rodrigo Barajas observa la imagen frente a él de San Martín Caballero compartiendo su capa con un mendigo.

—Gracias.

Reanuda su marcha. El negocio que sigue es el viejo establo, éste también tapizado con propaganda a favor de don Gilberto Sánchez.

—¡Detente, desgraciado animal! —grita un señor enclenque y de poco cabello, con un mandil ensangrentado encima.

Un perro viene corriendo hacia Rodrigo Barajas, con lo que parece ser una mano de varón adulto en su hocico. Tiesa.

—¡Agárralo! —le ordena el tipo con el mandil ensangrentado.

El sujeto se detiene frente a él.

—Cómo va a darle la mano a San Pedro, el pobre Chabelo. ¡Perro desgraciado, ven aquí!

—Sepulturero.

—Mande.

—Los ataúdes, ¿usted mismo los fabrica?

—Llevo más de cuarenta años haciéndolo, caballero.

—Vaya preparando dos más.

—Perfecto, nomás voy por ese perro y después hablamos de negocios.

—Arréglese con los Zúñiga.

—¿Qué? —pregunta el enterrador, sin dejar de correr.

El negocio más vistoso en El Tecolote es la funeraria El Gran Sueño, con su anuncio de neón en la fachada. Más abajo, dos letreros color rosa mexicano informan lo siguiente:

"Te enterramos con tu canción favorita."

"Se solicita DJ con licencia de chofer."

Estacionado ahí mismo, un viejo carro de helados, también agujereado, pintado todo de negro y equipado con bocinas montadas en el exterior funciona como carroza fúnebre. Sobre la misma calle principal se encuentran las ruinas carbonizadas de dos marisquerías, una frente a la otra: Mariscos El Compita y una de tacos de camarón El Cuate. La primera todavía con restos de la fachada que pregona:

"Venga por sus tacos de camarón azul, los originales…"

En el negocio de enfrente se alcanza a leer:

"Cuna de los mundialmente famosos
tacos de camarón azul."

Curioso, piensa Rodrigo Barajas, frotándose la barbilla.

Más adelante está la única fonda del pueblo. Un alazán bajito y enclenque se encuentra atado al guamúchil plantado sobre la acera. Un letrero muy cerca de ahí: "Paseo a caballo. 50 pesos". Rodrigo Barajas acaricia la cabeza del descuidado alazán antes de ingresar al interior de la fonda.

—¿Qué le servimos? —le pregunta de manera entusiasta Felipe Román, mientras limpia con una franela la mesa elegida por el cliente.

—Un vaso con agua.

—Ahora mismo se lo traigo.

Felipe Román parte hacia la cocina. Corriendo. Regresa a los pocos segundos con un líquido color ámbar dentro de un vaso casi transparente.

—Me da un bistec —pide Rodrigo Barajas.

—¿Ranchero?

—Encebollado. Con tortillas quemadas.

—Puede que salga un poco duro...

—Tráigame un cuchillo bien afilado... Y un reposado.

—Eso no se va a poder, caballero. En esta fonda no servimos alcohol... ni camarones.

—¿Es por lo que le pasó a los dos negocios de aquí cerca?

—Es precisamente por eso.

—¿Qué fue lo que pasó?

—Lo siento, caballero, pero no estoy autorizado para hablar de ello.

—No te preocupes, me envió tu tío Salvador, de Los Pinitos. Te manda saludos.

—¿Qué ha sido de él?

—Le sigue cuidando las parcelas a los Guerra.

—¿Tú también trabajas para ellos?

—Yo no trabajo para nadie.

—¿Y qué haces aquí?

—He venido a buscar una camioneta.

—¿Una Ford, de esas nuevas, desechable, con carrocería de plástico color azul?

—La misma.

—Cobre mejor el seguro.

—¿Qué le pasó?

—Ayer se volvieron a enfrentar los Zúñiga contra los Guerra. Filiberto descuartizó al pobre Chabelo. Ahí tienes a don Caralampio recogiendo los pedazos por todo el pueblo para darle cristiana sepultura. Tan amigo que era de Adalberto. Jugaban a las canicas de chiquitos, junto con mi hijo, Marco. Todo el día juntos.

—¿Por qué salieron mal los Zúñiga y los Guerra?

Felipe Román hace lo mismo que su tío: voltea a ambos lados antes de hacer algo que considera peligroso. Como si no estuviera al tanto de que no existe nadie más en su negocio. Enseguida toma asiento frente a Rodrigo Barajas. Luce nervioso. Tiembla. Aun así, le encanta el chisme.

—Reynaldo era el mano derecha de Ruperto, se creía su sucesor, así que cuando se enteró de que su compadre le heredaría el poder al tonto de Adalberto no le pareció y se llevó a la mitad de los matones de los Zúñiga a trabajar para él. Poco después de eso habló con el Turco y éste le otorgó la concesión de la goma, mientras que don Ruper se quedó con el negocio de la marihuana. El Turco cree que se separaron en buenos términos. Supongo que tiene suficientes problemas por todo el país como para andarse ocupando de los pleitos de niños que ocurren aquí en El Tecolote.

Rodrigo Barajas percibe el aliento alcohólico de su interlocutor.

—Así que no sirves alcohol.

—Te voy a servir en una taza, para que parezca que tomas café.

—Tráete de una vez dos, para platicar más a gusto.

—Ahora vuelvo.

Felipe Román regresa al poco tiempo con una taza de barro en cada mano.

—No me dijiste qué pasó con los negocios de aquí cerca.

—Te la voy a poner así de fácil: la gente de los Zúñiga utilizaba el negocio del Cuate como su lugar de reunión, ahí hacían su escándalo todos los días, mientras que los Guerra hacían lo mismo en El Compita, mero enfrente. Una madrugada ardió El Cuate y como a la semana sucedió lo mismo con El Compita. Por eso ahora nadie se atreve a vender ni alcohol ni camarones.

—¿Qué le pasó a mi camioneta? —pregunta Rodrigo Barajas, luego de dar un trago a su bebida.

—Lo que le pasa a todo el que llega al Tecolote. La rociaron de plomo.

—Pero todavía camina…

—Yo miré que se la llevaron andando.

—Entonces no es problema.

—¿Quiere ver una camioneta de verdad?

Rodrigo Barajas no contesta.

—Acompáñeme.

—¿Adónde vamos?

—Aquí atrás. Tráigase su taza.

Los dos hombres atraviesan una pequeña cocina llena de cochambre y platos sucios. A la izquierda un pasillo los lleva a lo que parece ser una serie de habitaciones y un baño. Justo enfrente está la puerta que da al patio.

—Lo siento, esto ya no es lo mismo desde que mi mujer me dejó.

—No se preocupe.

Muy cerca de ahí un reproductor de archivos MP3 es encendido. De pronto se escucha la voz de un cantante de narcocorridos reflexionando muy seriamente acerca del poder que ejerce sobre las mujeres el dinero y los lujos.

—¡Esa canción! —protesta Felipe Román.

—¿Qué pasa?

—Es mi hijo, Marco. ¡Ya le dije que deje de estar escuchando esas cosas! ¡Le van a freír el cerebro! ¡Marco, quita esa chingadera! ¡Y lleva al caballo a pastar!

—Ahí voy, *apá* —contesta una voz desganada de adolescente recién masturbado, muy cerca de ahí.

La música es apagada.

—¿Qué edad tiene? —pregunta Rodrigo Barajas.

—Diecisiete.

—Salgan los dos de este pueblo, cuanto antes.

—¿Y para dónde?

—No sé, para el norte.

—Es lo que he querido hacer, pero es hora que no logro vender este maldito lugar.

—Ni lo hará.

—¿Por qué lo dice?

—Actualmente no es visto como una buena inversión el adquirir una fonda sin clientes en un pueblo fantasma donde el mejor y único negocio es una funeraria que no se da abasto.

—Es lo mismo que me decía mi mujer antes de que me dejara. Que le tengo miedo a los cambios, a la vida… Tiene razón.

—Yo no dije eso.

—Venga, quiero enseñarle la camioneta que le dije.

Los dos hombres salen al patio. Frente a ellos se encuentra la carrocería oxidada de una camioneta Ford Custom del 79. Con sus cuatro llantas ponchadas. El motor se encuentra muy cerca de ahí, pendiendo de una pluma, sobre el suelo de tierra manchado de aceite.

—¿Qué es eso?

—Lo que le dije, una verdadera camioneta. A ésa no le hacen las balas. Es lámina dura, gruesa, no como la resina con llantas que le quitaron a usted. Me la regaló mi compadre antes de irse a Nogales. Le fuimos consiguiendo las piezas, poco a poco, nomás que dejamos parada la chamba porque Marco ya no quiso meterle mano. Dice que para qué, que porque las muchachas de hoy en día no se fijan en ese tipo de camionetas. Que lo que ellas quieren es una Lobo, o una como la que le quitaron a usted.

—Entiendo.

—Está perdidamente enamorado de la novia de Adalberto… Hable con él.

—¿Con quién?

—Cómo que con quién; pues con mi hijo, Marco, con quién más.

—¿Y qué quiere que le diga?

—Pues, no sé, usted viene de la ciudad, ¿no?

—Así es, vengo de una ciudad.

—Pues dígale que para conseguirse a una muchacha bonita no se necesita dinero.

—Le estaría mintiendo.

—Usted no cree en eso.

—¿Cómo lo sabe?

—Se le ve.

—¿Se me ve?

—En la mirada.

—¿Qué hay en mi mirada?

—Paz.

—Se equivoca.

—Dígale cualquier cosa.

—Me tengo que ir. ¿Cuánto le debo?

—Págueme yéndose de aquí cuanto antes. Usted que puede…

—Necesito recuperar mi camioneta.

—No sea necio, váyase antes de que lo maten. Por aquí pasa un camión que lo lleva a la ciudad.

—¿Cómo llego al cuartel de los Guerra?

—¿Los Guerra? Fueron los Zúñiga los que le quitaron su camioneta.

—A mí me interesa ir con los Guerra.

—¡Qué desilusión! ¡Lo que nos faltaba! ¡Otro asesino más en El Tecolote! ¡Y yo diciéndole que le dé consejos a mi hijo!

—¿No me va a ayudar?

—Salga por esta calle. A mano izquierda. Camine dos cuadras. Se encontrará un galerón de madera bien alto, con una puerta en el medio. Ahí es donde viven.

—Gracias.

—¡Ojalá y se maten entre ustedes hasta que ya no quede ninguno vivo!

—¿Es lo que desea?

—¡Nada me haría más feliz!

—Sus deseos son órdenes…

—¿Qué… qué va a hacer?

—Por lo pronto ir a casa de Reynaldo Guerra.

—¡Bah! —le dice Felipe Román, haciendo un ademán despectivo con su mano.

Rodrigo Barajas sale del patio que hace las veces de taller mecánico hacia la calle de tierra cuando por poco y es atropellado por su propia camioneta, la cual es conducida por Adalberto Zúñiga, vestido a la moda: con su respectiva calavera de Mickey Mouse estampada en el pecho. Lo acompaña una muchacha muy guapa. Tres esbirros viajan en la caja.

Rodrigo Barajas no detiene su paso. Sigue las instrucciones dadas por Felipe Román para llegar al cuartel de los Guerra. La camioneta con las perforaciones de bala y el reciente golpe en la defensa delantera lo sigue a vuelta de rueda.

—¿Qué te parece mi camioneta?

—Cuídamela un tantito más —le responde Rodrigo Barajas, sin detener su paso.

—¿Qué dices? —pregunta Adalberto, al tiempo que detiene la Ford, justo frente al cuartel de los Guerra.

Los tres matones descienden de la caja. Cada uno pegando un brinco. Es en ese preciso instante que el cuchillo de Felipe Román aparece en la mano de Rodrigo Barajas, quien degolla al primero, *filetea* al segundo y perfora el vientre del tercero. Terminada esta operación Rodrigo Barajas se topa con lo que él considera una revelación: ¡un Colt de acción sencilla!

Coge sin pensárselo dos veces la reliquia del hombre degollado.

¿De dónde la habrá sacado?, se pregunta.

Recupera la compostura.

—Bájate —le dice a un aterrado Adalberto, apuntándole con la *Pacificadora*.

—Sí —le contesta Adalberto, obedeciéndole—. Vente, bájate tú también —le dice a la chica, quien no le quita la mirada de encima a Rodrigo Barajas. Lo observa con la boca abierta y los ojos bien abiertos también. Rodrigo Barajas despoja a su novio de la treinta y ocho súper con incrustaciones de oro en la cacha. Se la coloca en la parte trasera de su pantalón.

—Ahora ve con el enterrador, dile que me equivoqué. Que van a ser tres ataúdes. Déjame la camioneta aquí. Llévate a tu novia.

* * *

La patrona de Rodrigo Barajas se encuentra sentada en la cocina, por momentos sorbiendo su café y por momentos observando a la pareja. Le han dejado encargados a los niños. Los siete nietos de sus tres hijas corren por toda la casa a gran velocidad.

—Kevin, ya te dije que no corras en la cocina. Le voy a decir a tu madre —le dice a uno de los niños, tomándolo del brazo.

—Suélteme, abuela.

La señora libera al niño. Éste sale disparado rumbo a la sala, gritando.

—¿Por qué se tienen que ir? —pregunta la mujer.

—Tamara es menor de edad.

—Tú también.

—Acabo de cumplir los dieciocho. Su mamá a fuerzas me quiere echar a la policía.

—¿Dónde piensan trabajar?

—En Tijuana.

—*Voy a hablar con el Turco.*

—*¿De verdad?*

—*No te garantizo nada.*

—*Gracias.*

—*Cuídate mucho.*

—*Sí.*

—*Y felicidades, tu novia está muy bonita… ¡Brian, dile a tu hermano Kevin que deje de correr!*

* * *

La carroza fúnebre conducida por Caralampio el enterrador reproduce a todo volumen una canción titulada "Hotel California", mientras transita a vuelta de rueda por la calle principal del Tecolote, seguida muy de cerca por el mayor y más recto de los hermanos Guerra, Oswaldo, padre del Chabelo.

—No puedo creer que hayan elegido esa puta canción —se lamenta Reynaldo Guerra, sentado en su estudio.

—Era la favorita del Chabelo —le recuerda Fernando Guerra, un hombre con un extraordinario parecido a Adalberto Zúñiga.

—¿No van a ir al entierro de su sobrino? —pregunta Rodrigo Barajas.

—No queremos ver a nuestro hermano Oswaldo…

—Entiendo.

—¿Ésa es tu camioneta?

—Así es.

—Jodieron con la persona equivocada.

—Supongo.

—¿Sello rojo?

—Por favor.

Fernando Guerra le entrega la bebida a Rodrigo Barajas.

—¿No te han dicho que te pareces un chingo a Chuck Norris? —le pregunta Reynaldo Guerra.

Lo cierto es que sí. Se lo han dicho muchas veces.

—¿Cuánto quieres ganar? —Reynaldo va al grano.

—Diez mil a la semana. Cobro por adelantado.

—¡Qué! —protesta Fernando.

—Viste lo que hizo con los tres cabrones ahí afuera —le recuerda Reynaldo a su hermano.

—Nos las podemos arreglar muy bien sin él.

—Estaré en la fonda de la esquina, en lo que se deciden —propone Rodrigo Barajas.

Rodrigo Barajas abandona la estancia. El pasillo se encuentra libre de pistoleros. El guardia que lo escoltó hasta la oficina de los Guerra ha retornado a su puesto de vigilancia. Rodrigo Barajas apura su bebida, coloca el vaso jaibolero contra la puerta de cedro y escucha lo siguiente:

—Reynaldo, tenemos que hablar con Ruperto para hacer la tregua. Si no pudimos reventarlo ayer, ya no se pudo, entiéndelo. Hay que limpiar el pueblo antes de que llegue el Cóndor.

—El Cóndor no va a llegar nunca.

—¿Cómo?

—Se lo va a chingar este Chuck Norris.

¿Qué te ganas con matar al Cóndor? Necesitamos su inversión.

—¿Y eso por qué? A nosotros nos ha ido bien. Es Ruperto el que la necesita.

—¿De verdad crees que vas a poder tener en tu nómina al Chuck Norris sin que éste te termine haciendo lo mismo que tú le hiciste a Ruperto?

—Ahí es donde entras tú.

—¿Yo?

—Claro, porque te vas a ganar su confianza y de ahí me lo vas a madrugar, después de que nos ayude a acabar con los Zúñiga.

—No…

—¿Te da miedo? Tarde o temprano te vas a tener que encargar de alguien así, si no jamás te van a respetar.

—Pe-pero, yo…

—Pero nada.

Rodrigo Barajas ha escuchado lo suficiente. Se aleja de manera silenciosa de ahí. Saluda a los dos guardias custodiando la entrada al galerón. Sale a la calle. Sube a su camioneta. La enciende. Ésta comienza a hacer un ruido extraño.

No sonaba así, piensa.

Da vuelta en u. Conduce unos pocos metros hasta el negocio de Felipe Román.

—¿Otra vez tú? ¿No te llegaron al precio?

—La camioneta trae un sonido raro.

—¿Qué camioneta?

—La que está allá afuera.

—Eres rápido.

—Estaba pensando en quedarme unos días. ¿No tendrás un cuarto que me rentes? Podríamos meterle mano juntos. Me dijiste que a tu hijo le gustaba la mecánica.

—Vente, vamos a verla —propone el restaurantero—. ¡Marco!

De la cocina sale un muchacho moreno, delgado, de nariz prominente y ojos esquivos.

—¿Ya sacaste a caminar al caballo?

—Todavía no.

—Ven, vamos a ver un carro que está afuera.

Los tres hombres salen a la calle.

—Es la nueva camioneta de Adalberto —observa Marco Antonio Román.

—No, es de este señor.

—¿Por qué no la echa a andar, para ver qué es lo que tiene? —propone el muchacho.

Rodrigo Barajas así lo hace. El extraño cascabeleo sigue ahí.

—Apáguela —le pide Marco Antonio.

—¿Qué es? —pregunta su padre.

—Ayer que Adalberto la subió a la banqueta y la estrelló contra el poste dañó el radiador y de paso el cárter. Tira agua y aceite, ¿ve?

El muchacho apunta hacia el rastro dejado por la camioneta.

—Le dije que son deshechables —le recuerda Felipe Román a Rodrigo Barajas.

—¿La puedo tener aquí en lo que consigo las piezas?

Felipe Román lo piensa por un momento.

—Se puede quedar con nosotros. Tengo un cuarto que le puedo rentar.

—Mañana debo ir a la capital. Voy a ver si consigo las piezas por allá.

—Ya le cayó la mierda al pastel —observa Felipe Román.

—¿Qué pasa? —pregunta Marco Antonio, quien ahora se encuentra tirado en el suelo, observando el cárter destrozado.

—Ahí vienen Reynaldo y su hermano. Han de venir con usted.

—¿Qué tal, Felipe? Hola, Marco —los saluda Reynaldo.

—Hola —contestan los dos.

—Felipe, necesitamos hablar con tu amigo, ¿nos disculpan?

—Sí.

Padre e hijo regresan al interior de la casa.

—Hemos decidido aceptar su propuesta.

—¿Qué propuesta? —pregunta Rodrigo Barajas.

—Los diez mil pesos a la semana.

—Acaba de subir a veinte mil.

—¡Qué! —grita Reynaldo.

—¡Mándalo a chingar a su madre! —propone Fernando, tomando del brazo a su hermano.

—El señor los vale.

Fernando permanece en silencio, mirando fijamente a Rodrigo Barajas.

—Aquí tienes diez mil —le dice Reynaldo, entregándole el efectivo—. El resto te lo pago el sábado. Mañana se van a ir desde temprano tú y Fernando a la entrada del pueblo. Van recoger a un viejo amigo que nos viene a visitar. Tienen que estar ahí antes de las siete de la mañana.

—Cuando dices "recoger a un viejo amigo", ¿te refieres a esperarlo con un ramo de rosas, o a emboscarlo antes de que llegue al Tecolote?

—Eres muy inteligente —le dice, apuntándole con el dedo—. Eso me gusta.

—A mí no —opina el hermano.

—¿Y cuál es el nombre de este viejo amigo?

—Gustavo Ortiz, pero todo mundo lo conoce por Cóndor. Viene de Tijuana. Hizo mucho dinero allá. Viene a invertirlo a su pueblo natal. De paso quiere llevarse a uno que otro de nuestros pistoleros. Dice que está armando un ejército en Tijuana, para acabar con el Turco. Se alió con don Gilberto Sánchez.

La camioneta fue un anzuelo para traerme para acá, descubre Rodrigo Barajas.

* * *

Rodrigo Barajas ha desarrollado un sistema muy eficiente para asaltar minisúperes:

Nunca usa el mismo carro. Días antes del trabajo consigue uno de transmisión automática con su proveedor de autos robados al que le dicen el Chatarras.

(Tamara, su chofer de huida, aún no sabe manejar estándar.)

Siempre procura vestir bien. Tampoco exagera. No usa corbata ni saco. Con unos zapatos de piel recién boleados, una camisa casual y un pantalón de mezclilla de su talla es suficiente. No busca ocultarse detrás de disfraces que puedan poner a la gente en alerta, por lo cual jamás usa lentes oscuros, ni gorra, ni zapatos de goma. Hay demasiada gente en Tijuana y todos andan muy aprisa como para andar memorizando rostros. Mucho menos rostros bien parecidos como el de Rodrigo Barajas, que por alguna razón son los que más fácil se olvidan. Difícil es olvidar una deformidad, un enorme lunar o una mueca grotesca. Rodrigo Barajas no cuenta con ninguna de esas tres características.

La última cajera quedó encantada tan pronto entró a su tienda con esa sonrisa suya y esa cara angulosa recién rasurada.

—Buen día, esto es un asalto —le dijo Rodrigo Barajas a la cajera, aún sonriéndole mientras le apuntaba con su pistola al encargado, parado a la derecha de la muchacha, la cual le entregó todo el dinero que tenía disponible, junto con las tarjetas telefónicas. Suspirando.

La evidente tranquilidad en Rodrigo Barajas le hizo saber que su vida no corría peligro.

—Muchas gracias —les dijo el asaltante antes de salir caminando y saludar al guardia.

Afuera, en el estacionamiento, el Grand Marquis con placas de California se encontraba con la puerta del copiloto sin seguro.

—¿Cómo te fue? —le pregunta Tamara, buscando la reversa.

—Bien —le contesta Rodrigo, aún sonriendo.

—Ni creas que no me fijé cómo se te quedaba viendo esa bemba.

—¿De qué hablas?

—¿Por qué tienes que andar siempre tan guapo? —le pregunta la muchacha, mordiéndose un labio.

Rodrigo Barajas sabe que su chica se encuentra sumamente excitada.

Le pasa siempre que salen a trabajar.

—La buena presentación es indispensable —Rodrigo se digna a explicarle. Sin perder la calma.

—Lo sé —responde ella, aún sin echar para atrás el carro y emprender la huida.

—Tú también te ves muy hermosa —le dice con toda sinceridad Rodrigo Barajas.

Aprovechando que no hay una palanca de cambios que los separe, Tamara García recorre sus amplias caderas por el asiento de vinilo hacia el lugar donde se encontraba su hombre, colocando una mano sobre su bragueta. Se besan ahí mismo. Rodrigo Barajas no pierde la paciencia. No hay nada qué temer.

Tamara y él son guapos, jóvenes y avispados.

El mundo les pertenece.

Llevan a cabo el acto sexual de manera apasionada tan pronto arriban a su hotel. Cuando terminan cuentan su dinero. El golpe les canjeó más de siete mil pesos. Cinco mil le tocan al delegado del Turco. Tamara García siente que debe empezar a planear desde ya el siguiente objetivo, antes de que se les acabe el dinero. No hay tiempo para celebrar. Es por ello que la pareja extiende de nuevo el mapa de la ciudad sobre la cama.

—No hemos ido aquí —le dice Tamara a Rodrigo, con su dedito apuntando hacia la delegación Esperanza.

—Ayer hablé con el Turco.

—¿En serio? ¿Qué te dijo?

—Que si le entro.

—¿A qué?

—A trabajar con él.

—No, Rodrigo, eso sí que no. Asaltar tiendas con pistolas de juguete es una cosa. No hay riesgo. Los guardias no están armados, el Turco nos dio permiso, los empleados siempre cooperan. Pero esto es diferente.

—¿Por qué?

—Se me hace muy peligroso, Rodrigo, y además muy feo. Toda esa gente es mala. ¿No les ves sus caras? Tú no eres malo. ¿No decías que íbamos a ahorrar en lo que tú entrabas a la academia de policía?

—No podemos ahorrar ni un solo peso, Tamara.

—Eso es por todo el dinero que le damos al Turco.

—Tamara, no se me ocurre nada más peligroso que no reportarnos como se debe, y porque nos hemos venido reportando en todo momento el Turco me ofreció esta oportunidad.

—Ya no hablemos del tema.

—El Turco me pidió que enfriáramos la plaza.

—¿Y eso qué significa?

—Que no quiere más asaltos.

—¿Y ahora qué vamos a hacer?

—Te digo que la propuesta del Turco no suena nada mal.

* * *

Reynaldo Guerra tiene preparado su plan B, en caso de que el atentado en contra de Gustavo Ortiz fracase. Por ello es que propuso la fonda de Felipe Román como el lugar donde se llevaría a cabo la reunión con don Ruperto Zúñiga, su antiguo patrón. El tema a discutir sería la tregua que ambos debían pactar con motivo de la inminente visita de su viejo amigo el Cóndor.

—Los he llamado para decirles que necesitamos hacer a un lado nuestras diferencias y ponernos a trabajar juntos en favor del Tecolote —apunta Reynaldo.

—Ni madres, pinche Judas, te conozco. Sólo dices eso porque sabes que el Cóndor llega mañana —lo interrumpe Ramona Zúñiga, madre de Adalberto, una mujer de piel dorada, ojos grises y abundante cabellera ondulada. Bastante atractiva para su edad. Su cuerpo es sólido, compacto. Su indumentaria, vulgar.

Arpía, piensa Rodrigo Barajas.

Por su parte, Ramona Zúñiga barre con su mirada retadora a todos los ahí reunidos. Le cuesta trabajo disimular su interés por Rodrigo Barajas, a quien no deja de observar.

—Ya, mujer —le dice Ruperto Zúñiga, un viejo con rostro de cocodrilo—. Déjalo que hable. Reynaldo tiene razón, necesitamos llegar a un acuerdo antes de que venga el Cóndor. Es por el bien de todos, recuerda que va a invertir su dinero en el pueblo. Si le va bien al Cóndor, le va a ir bien al Tecolote. Ve lo que le pasó a Los Pinitos, lo bien que está desde que el Turco está en el poder…

—De plano que tú no aprendes. Qué no ves que este lacra algo se trae… Es un lobo con piel de cordero.

—Como les iba diciendo, debemos unir nuestros esfuerzos y limpiar las calles del Tecolote juntos, para darle un poco más de vida, antes de que llegue Gustavo. Yo mismo agarraría una escoba y me pondría a barrer, si fuera necesario. Propongo incluso pintar entre todos la fachada del Cuate y del Compita para que no se vea tan triste la Avenida Principal.

—¿Y qué vamos a hacer con la propaganda de don Gilberto Sánchez? ¿La quitamos también? —preguntó con aquella inocencia tan suya el ejidatario Toribio Ochoa.

Ruperto y Reynaldo se quedaron viéndose muy serios por un momento, como si algo ocultaran.

—No, ésa déjenla como está —aclaró Reynaldo Guerra.

—Por Dios, Ruperto, y quién se te ocurre que va a atender esos negocios, si el Cuate ya está junto a toda su familia en Los Ángeles y al Compita lo mató este asesino que tenías por ayudante.

—Lo ves, qué era lo que te decía cuando trabajábamos juntos, que debías dejar tu mujer en la casa, a cargo del comal. Por eso salimos mal, porque le empezaste a hacer caso a todo lo que te decía. Ella siempre estuvo en contra mía.

—¡Maldito homicida! ¡Ahora resulta que te tiras al drama, infeliz! ¡Como si no supiera de lo que eres capaz!

—Por lo visto no tenemos mucho tiempo. Debemos dejarnos de dimes y diretes y ponernos en acción, de una vez —propone Rodrigo Barajas.

—Y yo propongo que le regreses la pistola a mi hijo, que fue su regalo de quince años.

—Se la quité porque temía que pudiera hacerle daño a alguien con ella. Ya lo había hecho ayer, cuando me dio con su cacha en la nuca, justo antes de robarme mi camioneta…

—¡Mientes! ¡Mi hijo no es ningún ladrón!

—Pues yo estoy seguro que se trataba de Adalberto. No se me olvida su cara. Igualita que la de Fernando.

Se escuchan risitas provenientes de los ejidatarios ahí presentes.

—¡Te voy a matar!

Dos guaruras de Ruperto Zúñiga contienen el ataque de Ramona en contra de Rodrigo Barajas.

—¿Qué está pasando aquí? —pregunta Ruperto, fingiendo no saber.

—Nada —le contesta Reynaldo, tranquilizándolo—. ¿Entonces así quedamos? ¿Vamos a limpiar todos juntos este cochino pueblo, sí o no?

—Claro —contesta Ruperto.

—Perfecto, ahí en la casa tengo cubetas de pintura, rodillos y brochas.

—Nosotros tenemos un poco de yeso, para resanar de una vez todos los agujeros de bala.

—Hay que partir el pueblo en dos y dividirnos el trabajo —propone Reynaldo—. De la Avenida Principal para allá es tuyo, de la Avenida Principal para acá es mío.

—No se diga más.

—Antes de andar haciendo preparativos para la llegada de Gustavo deberíamos darle cristiana sepultura a los tres cadáveres que dejó este hombre frente a la casa de Reynaldo —propone el cura, con cierta amargura en su rostro.

—No se preocupe por eso, padre. Esos muchachos trabajaban para mí. Cometieron una imprudencia y han pagado caro por ella. Me encargaré de todo —dice Ruperto.

—De ninguna manera dejaré que usted pague solo esos gastos, compadre. No señor. Esos pobres muchachos murieron víctimas de una guerra por la cual me siento en parte responsable. Propongo que nos repartamos los gastos —dice Reynaldo Guerra.

—Apoyo esa moción.

—Entonces manos a la obra.

La junta termina ahí mismo. Los asistentes están al tanto de que deben poner cada uno manos a la obra. Cuanto antes.

* * *

Son las tres de la tarde. *Rodrigo Barajas no llegó a comer. Como siempre, está ocupado preparando el plan para matar a alguien que no conoce. Regresará dentro de tres días. Ya que haya terminado el trabajo.* Tamara pone poca atención a un capítulo de Laura en América *en su televisor de cincuenta pulgadas mientras come una sopa instantánea con mucho picante.*

No halla qué hacer.

Rodrigo Barajas le tiene prohibido hablarle a sus familiares.

Sus únicas amigas son esposas de guaruras, de policías y de asesinos. Mujeres engañadas y amargadas todas ellas.

Tamara García *por fin tiene todo aquello con lo que soñó: una casa con recámaras de tamaño normal, un buen guardarropa, un pequeño jardín y un mamamóvil tan masculino y rudo que ni siquiera parece mamamóvil, sin embargo se siente insatisfecha.*

La emoción se ha ido de su vida, ahora que se ha convertido en el ama de casa de un asesino bien pagado. Sus encuentros íntimos con Rodrigo Barajas son cada vez más esporádicos, predecibles y aburridos. Los recuerdos de su excitante vida de asaltante al lado de Rodrigo Barajas se comienzan a marchitar, contrapuestos a esta nueva faceta aburrida y rutinaria de su relación.

Tamara *deambula por la residencia de cinco recámaras.*

Se dirige al gimnasio.

No halla qué hacer.

¿Hacer aerobics?

No lo necesito.

Estoy buena, *se dice a sí misma.*

Sigue sin engordar. Posee un metabolismo privilegiado.

Baja las escaleras. Se dirige a la sala. Se sienta en uno de los sillones. Hojea una revista de chismes. La vuelve a colocar en su lugar.

Se pregunta cuál es la solución a su aburrimiento.

¿Pintarle el cuerno a Rodrigo?

No, ella no es esa clase de mujer.

Además, Rodrigo no se lo merece.

¿Quedar preñada de él?

¿Convertir a un asesino en padre de familia?

Menos.

No le queda de otra: ha llegado el momento de partir.

Nada es para siempre.

Eso ella siempre lo ha sabido.

Es así de independiente.

¿Por qué será que nunca estoy a gusto con nada?, *se pre-gunta Tamara García antes de subir a su taxi y ver por última vez el hogar que compartió con Rodrigo Barajas.*

—A la central —*le dice al taxista.*

* * *

La única caseta telefónica en todo El Tecolote sigue en pie y funcionando. Se encuentra dentro de los abarrotes de Amparo Osuna. Desde este lugar le llama Rodrigo Barajas al Turco. Tanto la gente de Reynaldo Guerra como la de don Ruperto Zúñiga se hallan ocupados dándole una manita de gato al pueblo. Todos ellos maquillando a gran velocidad las heridas de bala que tiene El Tecolote.

¿Turco?

—¿Dónde estás?

—¿Conoces un pueblo de mala muerte llamado El Te-colote?

—Claro que lo conozco, ¿por qué?

—Tú me enviaste para acá.

—No sé de lo que me hablas.

—Vamos, Turco, acéptalo, lo de la camioneta era sólo un pretexto. Sabías lo de los asaltos en la carretera hacia Los Pinitos. Sabías que la camioneta les llamaría la atención.

—Lo siento, no sabía cómo pedirte este último trabajo —admite el Turco.

—¿Qué trabajo?

—El Cóndor se alió con don Gilberto.

—¿Sabías que el Cóndor viene para acá?

—Piensan construir una pista clandestina en El Tecolote.

—Mañana llega.

—No te debe de ver ahí.

—Me contrataron para que lo mate.

—¿Quién?

—Reynaldo Guerra.

—Bien.

—Bueno, tengo que irme. Mañana te llamo.

—Rodrigo...

—¿Sí?

—Quédate con la camioneta.

—¿Pero por qué?

—Quizá comience a sospechar...

—No puedo creerlo...

—¿Qué cosa?

—¿Tu mamá no sabe cómo te ganas la vida?

—Para ella atiendo y administro mi propio lote de autos usados.

—Tarde o temprano se va a enterar.

—No te preocupes por ello. Además, si le llevas la camioneta, lo más seguro es que se la quede el huevón de mi cuñado.

—¿No quieres que de todos modos le pase a dar una visitada para ver cómo está?

—Ahora que lo dices, sí. No es seguro que yo vaya... —se excusó.

—Turco, me tengo que ir.

—Ten cuidado.

El interior de la tienda es alumbrado por tan sólo unas cuantas veladoras desperdigadas aquí y allá. Amparo Osuna se encuentra en la avenida, colocando adornos de Navidad en la calle. Le dejó encargado el negocio a su sobrina, con quien Rodrigo Barajas tropieza al salir de la cabina telefónica.

—¡Hola! —dice ella.

—Hola.

—Qué bueno que puso en su lugar al tonto de Adalberto.

—Sí, con su permiso —le dice Rodrigo, intentando franquearla.

—¿De dónde viene usted? —pregunta la chica, bloqueándole la salida.

—De Tijuana.

—¡De verdad! Yo nunca he estado allá.

—No te pierdes de mucho.

—Al menos hay ropa más bonita que la que se consigue aquí.

—Tu novio te puede conseguir la ropa que tú quieras.

—Ése es nomás un amigo… Ya ni eso… Es un grosero. Ha estado de malas desde que usted lo puso en su lugar.

—Sólo quería mi camioneta de vuelta.

—Estaba muy bonita.

La chica se le acerca un poco más.

—Qué bien huele.

—No me he bañado.

—No me gusta cómo le huele el sudor a Adalberto. El suyo huele rico.

—¿Cuál es tu nombre? —le pregunta Rodrigo.

—Cristina, ¿el suyo?

—Rodrigo Barajas. Escucha, Cristina, tenemos que ir a ayudarles a los demás.

Al igual que la tienda de doña Amparo, el pueblo también se encuentra a oscuras. No hay un solo farol prendido en la calle. Aun así, Rodrigo Barajas detecta la presencia de alguien más, muy cerca de ahí. Acercándose.

—¿Qué tal, Adalberto? —lo saluda Rodrigo, sin voltear a verlo, pero ya con su arma desenfundada.

—Mi papá tiene una propuesta para usted.

—Una propuesta…

—Lo espera en su casa —le informa.

Luego de entregado su mensaje el chico da media vuelta y desaparece en la oscuridad.

—¿Dónde vive el papá de tu novio?

—No es mi novio.

—Lo que sea.

—Sígase todo derecho. Es la última casa de esta calle. Color durazno.

—Entendido.

* * *

La tarde es refrescada por un vientecillo húmedo proveniente de la costa, sin embargo el rostro del asesino Filiberto Carmona sigue transpirando a chorros. Algo pasa con él. Luce como un sujeto desequilibrado. Su hedor impregna la sala de Ruperto Zúñiga, su patrón, quien permanece sentado, con su bebida en la mano y mirando directamente a Rodrigo Barajas.

—No pienso regresarle la pistola a su hijo —le aclara de una vez Rodrigo Barajas a Ruperto Zúñiga.

—No lo he llamado para eso.

—¿Entonces?

—No es justo que trabajes para mi compadre Reynaldo.

—Y quiere que me vaya del Tecolote.

—Puedes quedarte, hasta estaba pensando en un trabajo que ofrecerte.

—Ya tengo uno.

—No te voy a pedir que trabajes para mí.

—¿Entonces?

—Filiberto, la fotografía —le ordena Ruperto a su guarura, quien de inmediato le alcanza una de las fotografías enmarcadas que descansan sobre la mesa de centro—. Observa esto —extendiéndole ahora él mismo la fotografía a Rodrigo Barajas.

La imagen a color muestra a un grupo de niños corriendo alrededor de un kiosco, junto a un vendedor de globos y otro de paletas, luciendo muy felices todos ellos, en pleno día, y con un montón de gente a su alrededor viéndolos jugar.

—Ese del overol y el sombrerito de paja es mi hijo, Adalberto; el que viene detrás es Marco Antonio; la de las dos colitas es María Cristina, me parece que ya la conociste; el más grandote es el Chabelo… ¿A poco no se ven bonitos todos juntos, así, jugando?

—Sí —admite Rodrigo Barajas.

—¿Qué fue lo que le pasó a este pueblo? Ve qué bonito estaba. Todo bien pintadito. Ve las casas de acá atrás… Ve qué bonita su plazoleta…

—Sí…

—¿Adónde se fue todo eso?

—No lo sé.

—Por supuesto que lo sabes. Mira, voy a ir al grano: El Tecolote necesita un tipo de huevos que ponga orden. Que agarre parejo y sin distinción. Incluso estoy dispuesto a trabajar honradamente, como antes, cuando no teníamos tantos problemas. Te digo, desde que mi compadre y yo nos asociamos con el Turco todo ha ido de mal en peor. Ha sido mucha la avaricia, ¿me entiendes?

—Supongo que sí…

— ¿Qué dices?

—¿Respecto a qué?

—Respecto a ser comisario del Tecolote.

—¿Qué?

—Como lo oye.

A pesar de haberlo tomado por sorpresa, la propuesta le agrada a Rodrigo Barajas, quien de un tiempo acá se siente operando en el lado equivocado de la ley.

No, jamás ha sentido simpatía por sinvergüenzas como él, sacando provecho de las rendijas dejadas abiertas por el sistema. Rodrigo Barajas es sincero consigo mismo, para él no hay excusa que justifique su oficio de *gangster*.

¿Qué diría su abuelo de la vida que lleva? ¿Acaso no le sirvieron de nada todas aquellas películas de comisarios incorruptibles vistas a su lado, los domingos por la mañana, transmitidas por el canal local? Cintas como *Río Bravo*, con John Wayne; *Duelo de titanes*, con Burt Lancaster; *La pasión de los fuertes*, con Henry Fonda; *Armado hasta los dientes*, con Robert Mitchum; *A la hora señalada*, con Gary Cooper… En especial esta última, donde un comisario dispuesto a hacer cumplir la ley tiene que luchar no sólo contra los criminales sino contra la cobardía de todo un pueblo puesto en su contra. Sí, definitivamente está hecho del material necesario para convertirse en el comisario que venga a poner orden en El Tecolote. Además, le estaría haciendo un favor a su nuevo amigo, Felipe Román, y a su hijo, quien corre el peligro de ser absorbido por esta vida insensata, adoradora de la muerte, que prevalece en pueblos como El Tecolote.

—Lo pensaré —finalmente contesta.

—Piénsalo muy bien. Yo sigo teniendo mucha influencia en este pueblo, al menos me hacen más caso que a Reynaldo. Puedo hacer que te elijan comisario en menos de lo que canta un gallo —y don Ruperto truena sus dedos.

—Necesito que este muchacho se vaya y nos deje solos —habla Rodrigo Barajas.

—Filiberto, desaparece —le ordena don Ruperto.

Filiberto Carmona obedece, sin quitarle la mirada de encima a Rodrigo Barajas ni borrar de su rostro esa sonrisa de poca inteligencia que lo caracteriza.

—¿Quiénes son los concejales? —pregunta Rodrigo Barajas, luego de asegurarse de que el asesino del Chabelo se ha ido.

—¿Los concejales? Bueno, déjeme ver, está Amparo, la de la tienda; Santiago, el doctor; José, el dueño de la ferretería; el padre Pascual; Caralampio, el de la funeraria; Ernesto, el profesor de la escuela; Ramón, el herrero; su amigo, Felipe Román; los ejidatarios Casimiro, Mateo, Aquiles, Jacinto, Toribio y Oswaldo; mi compadre Ruperto y yo. Creo que no olvido a nadie.

—Su mujer.

—Ella hace lo que yo digo.

—Sí, claro.

—¿Qué dice?

—Convoque a una junta para el día de mañana a las seis de la tarde. Donde mismo, en el negocio de Felipe Román. Avíseles una hora antes.

—¿Quiere decir que acepta el cargo?

—Quiero decir que hablaré con ustedes el día de mañana, en el negocio de Felipe Román. Ahí les presentaré mis condiciones.

—Entendido.

—Maneje el asunto con la discreción debida. Recuerde que por el momento sigo trabajando para su compadre.

—No se preocupe.

Afuera, en la calle, el sonido de las chicharras se vuelve ensordecedor. El cielo despejado suple la escasez de alumbrado en El Tecolote. Apenas han pasado tres horas desde que sus habitantes pusieron manos a la obra y el pueblo ya luce diferente. Ha sido un largo día. Rodrigo Barajas desea irse directo a la cama que le tiene reservada Felipe Román, en su posada, cuando Ramona Zúñiga sale de la oscuridad y lo jala del brazo.

—¿Qué te traes con Ruperto? —le pregunta, muy de cerca.

—Lo siento, señora, no sé de qué me habla.

—No te hagas el tonto, te vi salir de mi casa. Le estás calentando la cabeza a mi marido, tal y como lo hiciste con Reynaldo esta mañana.

—Su esposo se encuentra preocupado por el futuro del Tecolote, por eso me ha mandado a llamar.

—Bésame.

—¿Qué?

—¿No entiendes? Necesito de un hombre, estoy harta de pendejos.

—¿Lo dice en serio?

—Sabes que sí, tú y yo somos iguales. He estado esperándote por tanto tiempo. Sabía que algún día llegarías.

Esta vez es él quien toma a Ramona Zúñiga del brazo y la besa ahí mismo. La mujer queda suspendida en el aire. Ambos abren los ojos. Él contempla el cutis acaramelado de Ramona Zúñiga. Ella la piel curtida por el sol y el bigote que le recuerda tanto al de Sergio Goyri, o quizá al de Tom Selleck. Ahora él intenta desembarazarse de ella. Ella no se lo permite. Tiene sus manos atenazadas a su cuello.

—Nos van a ver —le dice Rodrigo.

—No me importa lo que digan. Ya estoy acostumbrada a que la gente chismosa hable mal de mí.

—Pero no es correcto.

—¿Por qué no?

—Tu marido me ha propuesto ser el comisario del Tecolote.

—¿Que te ha propuesto qué cosa?

—Como lo oyes.

—¿Y vas a aceptar?

—Mañana me decido.

La mujer permanece pensativa por unos instantes. Mirando hacia un punto oscuro en el suelo empedrado. Desconcertada. Importándole poco que alguien los vea.

—¡Sí! —por fin reacciona.

—¿Qué pasa?

—¡Es nuestra oportunidad de adueñarnos de este pueblo mugroso!

—Te equivocas.

—¿Cómo dices?

—Yo me voy a encargar de limpiarlo.

—Pero no valen la pena. Ninguno de ellos. Son una bola de cobardes todos, te van a dar la espalda en la primera oportunidad que tengan.

—No se los permitiré.

—¿Qué?

—Harán lo que yo diga.

—Estás loco.

—No más que tú.

—Bésame —susurra.

Rodrigo Barajas la obedece.

—Estoy que me quemo por dentro —le dice ella.

—Lo nuestro no puede ser.

—Podemos vernos en Bahía de Venados. Conozco un lugar.

—Es posible.

—Prométemelo.

Se escuchan pasos. Alguien se aproxima. Rodrigo reconoce la figura a lo lejos. Es Felipe Román.

—Debo irme —le dice ella, separándose.

—Adiós.

—Que duermas bien, amor.

—Lo intentaré.

La mujer da media vuelta. Dobla en la esquina. Es absorbida por la misma oscuridad de la que salió. La fonda de Felipe queda un par de cuadras más adelante. Rodrigo Barajas se encuentra justo frente a la fachada recién resanada de los Mariscos El Cuate, con todo y su logotipo de la cerveza El Venado.

Este pueblo se vuelve cada vez más interesante, piensa.

—Estás jugando con fuego —le advierte su nuevo amigo, parándose a su lado.

—Por cierto, toma.

—¿Qué es esto?

—Una treinta y ocho súper con cacha dorada.

—¿Para qué la quiero yo?

—Serás mi ayudante.

—¿De qué hablas?

—El día de mañana seré nombrado comisario del Tecolote.

—¿Quién te lo dijo?

—Ruperto Zúñiga.

—Qué, ¿ya no trabajas para Reynaldo?

—Mañana renuncio.

—Aquí todo tan pobre y veo que a ti te llueven trabajos.

—Es lo bueno de estar capacitado.

—A mí no me gusta la violencia.

—Sólo necesito alguien en quien confiar.

—Va.

—Ahora vayamos a descansar, que mañana será un día muy largo.

—Sí... —responde, titubeante, Felipe.

* * *

Rodrigo Barajas extrae el Colt de su cintura, amartilla con la palma de su mano izquierda y jala el gatillo con el índice de su mano derecha.

No hay munición en el cilindro. Son las diez de la noche. Se encuentra frente al espejo de su recámara. Los seis tiros siguen sobre la cómoda.

Se sirve otro trago. Éste desaparece en su garganta. Rodrigo Barajas continúa practicando por dos horas más.

Mejora poco a poco hasta que el desenfundar, el amartillar, el apuntar y el disparar se vuelven parte de un solo movimiento, al más puro estilo Hollywood.

Una vez terminada la práctica Rodrigo Barajas se sienta frente al tocador que solía ser de la esposa de Felipe Román. Coge el papel y el lápiz que pidió antes de irse a acostar. Comienza a redactar *La Nueva Ley del Tecolote*. Termina media hora más tarde. Satisfecho. Se acuesta en su cama. El tequila le ayuda a conciliar el sueño. No se encuentra nervioso. Sabe lo que tiene que hacer el día de mañana. Lo ha hecho muchas veces.

Soy el hombre indicado para este trabajo, se repite a sí mismo.

* * *

El claxon de Fernando Guerra sonando frente a su ventana lo despierta a las cinco y media de la mañana. La habitación luce aún más sucia de día. Más polvorienta. Huele peor también. Rodrigo Barajas ha dormido con la ropa puesta. Ni siquiera ha desecho la cama olorosa a polilla. Tan sólo se ha quitado las botas. Aun así, su sueño fue placentero.

Los seis tiros siguen parados sobre la cómoda, formando un pequeño círculo. Rodrigo los mete dentro de su respectiva recámara. Huele el cañón. Éste se encuentra recién aceitado. Y limpio. Ése al que se lo quitó tenía pensado usarlo. Rodrigo Barajas mete un pie dentro de su bota. Algo cruje. Lo extrae. Es una cucaracha. Reventada. Sigue viva. Se arrastra por el suelo de cemento. Busca cobijo. Rodrigo Barajas maldice. La deja escapar.

El día mejora súbitamente: alguien ha preparado café allá abajo. Rodrigo Barajas se calza. Se propina un baño vaquero. Tan sólo un poco de agua en la cara y en el cabello. Se mira en el espejo. No le ha crecido demasiado la barba. Aun así, busca algo con qué rasurarse. No lo encuentra. Se echa un poco más de agua en la cara. Ya está listo. Baja las escaleras, rumbo a la cocina, donde Felipe Román prepara unos huevos revueltos.

—Te esperan afuera.

—Toma —le dice Rodrigo Barajas, entregándole *La Nueva Ley del Tecolote*.

—¿Qué es esto?

—Consigue un pedazo de triplay como de este tamaño. Quiero que escribas esto encima de él. Con brocha y pintura de aceite.

—¿Para qué?

—Me tengo que ir.

—¿No desayunas?

—Sírveme un poco de ese café.

—Siéntate.

—No puedo.

—Ya estás listo para ir a matar gente desde temprano —le dice Felipe Román, mientras observa el revólver fajado en la cintura de Rodrigo Barajas.

—Nos volveremos a reunir aquí a las seis de la tarde. El triplay debe estar listo para ese entonces. Convoca a todos los ejidatarios.

* * *

La Explorer bloqueando el camino hacia El Tecolote es lo primero que hace sospechar a Gustavo Ortiz de que algo anda mal. Aun así, éste no reduce la velocidad de su automóvil rentado.

—Va a ver chingazos —le advierte al Michelín, quien viaja en el asiento del copiloto. Nervioso.

El Michelín levanta su fusil MP5, carga cartucho, golpea el perno hacia abajo y selecciona la ráfaga de tres disparos, preparándose para la guerra. El vehículo se detiene a pocos metros de la Explorer, levantando una gran polvareda. El Michelín baja primero, con su fusil apuntando hacia el cielo. Gustavo Ortiz no puede creer lo que ve: Rodrigo Barajas. En El Tecolote. Descubre que el Turco se le ha adelantado.

—¿Tú?

—¿Ustedes dos se conocen? —pregunta Fernando, inocentemente.

Ambos lo ignoran.

—Cóndor, regresa a tu burdel. Tú no eres un criminal.

—Quién te crees que eres para decirme…

—Me han elegido comisario del Tecolote —lo interrumpe.

—¿Qué?

—Te vuelvo a ver por aquí, te arresto. Te resistes a ello, disparo.

—Vengo a invertir mi dinero.

—¿De qué manera?

—Ése es mi problema.

—Te equivocas.

Gustavo Ortiz comienza a alzar su pistola. Lentamente. No sabe lo que hace. Para Rodrigo Barajas es momento de decidir quién cae primero. Sus contrincantes se encuentran a ambos lados del automóvil estacionado frente a él.

—¿Qué está pasando? —pregunta Fernando, temeroso.

—Es tu última oportunidad, Cóndor —mirándolo a los ojos.

Gustavo le responde con una majadería.

Arma grande mata arma chica, piensa Rodrigo Barajas, antes de decidirse por el Michelín, a quien expulsa de este mundo con un tiro donde debería de estar su garganta. Inmediatamente después Gustavo Ortiz recibe el impacto de bala en el pecho.

—¿Qué hiciste? —grita Fernando, mientras observa a Rodrigo Barajas vaciando las billeteras de los hombres caídos.

—Los subes a tu camioneta y se los llevas a Caralampio. Con esto será suficiente para pagar por sus entierros.

—¿Tú adónde vas?

—Debo ir a Bahía de Venados.

—¿A qué?

—Voy comprar el retén y de paso el radiador para una F150 del 2004.

—Tú conoces al Cóndor...

—Lo conocía.

—Creímos que habías llegado por casualidad al pueblo...

—Yo también lo creí, hasta que los oí hablar de Gustavo.

—¿Para quién trabajas?

—Hasta este momento, para tu hermano, pero dile que estoy pensando en renunciar.

—¿Por qué?

—Me ofrecieron el puesto de comisario en El Tecolote.

—¿Comisario?

—Hablaré con todos ustedes a las seis de la tarde, en el negocio de Felipe Román.

—Esto no le va a gustar a Reynaldo.

—No puedes pasarte la vida intentando complacer a todo el mundo —le dice Rodrigo Barajas.

* * *

Son las seis de la tarde. Los concejales del Tecolote esperan ansiosos la llegada de Rodrigo Barajas al pueblo. Alguien se acerca. Es Reynaldo Guerra. Acompañado de su hermano. El primero abre la puerta de un manotazo. Luce molesto. Hace mucho ruido con el tacón de sus botas. Camina encorvado. Se detiene justo frente a Ruperto Zúñiga. Le apunta con el dedo.

—¿Qué sucio truco pretendes jugarme al llevarte al *Chuck Norris* a trabajar para ti?

—Él no trabaja para mí.

—¿Entonces?

—Lo he propuesto como comisario del Tecolote. Su nombramiento estará sujeto a votación esta misma tarde.

—¡Pues yo estoy en contra!

—Tendrás tu oportunidad de votar.

—¿Y dónde está?

—Fue a comprar unas refacciones para su camioneta. No tarda. ¿Y a todo esto? ¿Qué supiste de la llegada del Cóndor esta mañana al Tecolote?

—Está en mi casa.

—Qué extraño, creí que me iría a visitar. Lo esperaba desde temprano.

—Está muerto.

—¡No me digas!

—Sí.

—¿Y ya venía en ese estado o fue algo que le sucedió de repente?

—Bueno, según tengo entendido, primero quiso dispararle a mi hermano y éste se defendió, ¿no fue así? —le pregunta a su hermano.

—Sí, más o menos así fue —responde Fernando.

—Eso fue en tu casa, me imagino.

—No, fue a unos cuantos kilómetros antes de llegar al Tecolote.

—¿Y qué estaban haciendo el Cóndor y Fernando agarrándose a balazos a unos cuantos kilómetros antes de llegar al Tecolote? Digo, si se puede saber.

—Fuimos a recibirlo —interviene Fernando Guerra.

—¿Temían que se fuera a perder antes de llegar al Tecolote?

—No, simplemente lo vimos como un gesto de amabilidad —responde Reynaldo.

—¿El recibirlo a balazos?

—Te digo que él empezó.

—Tal parece que la gente se torna muy violenta tan pronto se acerca al Tecolote. Debe ser el calor. Por eso creo conveniente la presencia de un comisario que apacigüe los ánimos violentos de todos nosotros.

—Ese hombre es un asesino.

—Por algo trabaja para ti.

—Muy chistoso.

—Reynaldo, a como yo la veo, este pueblo se está muriendo. Necesita ser operado de urgencia por un doctor que sepa hacer su trabajo. La operación le hará perder más sangre de la que ya ha perdido. Hay que removerle unos tumores muy grandes que no lo dejan ser. Por eso le propuse a tu muchacho ser comisario del Tecolote, porque tiene carácter. Todos sabemos la manera en que se despachó a tres de mis mejores hombres ayer, con tal de recuperar su camioneta.

—¿Pero no nos deja eso a merced de un asesino con autorización para matar? —habla el maestro Ernesto Cisneros.

—Problemas radicales, soluciones radicales —dictamina Ruperto Zúñiga.

—¿Y cómo sabemos que ese comisario que se van a traer no se va a encargar de defender nada más los intereses de ustedes dos, como ha pasado con todos los asesinos que han puesto un pie en este lugar? —pregunta el ejidatario de nombre Aquiles.

—Hablé ayer con él de eso. Le dije que las leyes del Tecolote deberán ser las mismas que las de cualquier pueblo que se dé a respetar, y que se aplicarán sobre todos sus habitantes, por parejo. Sin distinciones ni privilegios para nadie. Él estuvo de acuerdo. Incluso podemos establecer un periodo de prueba. ¿Qué les parece un mes? Si durante ese lapso de tiempo vemos que la situación no mejora entonces ya no le renovamos su contrato.

—Pues la verdad a mí me parece bien —opina otro ejidatario—. Estoy harto de ver tanta gente haciendo lo que le da su gana en la calle por falta de una autoridad que ponga orden.

—Recomiendo que no tomemos decisiones motivadas por la desesperación a la que nos orilla la falta de oportunidades que ofrece este sistema económico. Estaríamos entregándole a una sola persona el "monopolio de la violencia", para que la ejerza como le plazca —dice el profesor.

El ruido de un motor los interrumpe. Todos saben de quién se trata. Una puerta de automóvil se abre y se cierra muy cerca de ahí. Pasos aproximándose. Rodrigo Barajas ingresa a la estancia. Los congregados lo observan. Expectantes.

—Buenas noches, caballeros. Me alegra que hayan venido.

—Nos estábamos preparando para la votación, Rodrigo. Creo que ya estamos listos.

—¿Necesitan que me quede afuera?

—Te lo agradeceríamos.

—Muy bien.

* * *

La votación dividida favorece a Rodrigo Barajas con once votos a favor y cinco en contra.

—Ya pueden bajar sus manos. Está decidido, la mayoría de nosotros piensa que El Tecolote necesita mano dura.

—Te lo advierto, Ruperto, esta vez no te vas a salir con la tuya.

—Tuviste tu oportunidad de votar, Reynaldo.

—Ya te dije, y te aviso también que Filiberto ahora trabaja para mí.

—Si quieres darle trabajo al mismo hombre que mutiló a tu sobrino ése es tu problema.

—El que se debe de preocupar de eso es el traidor que han contratado de comisario.

Y Reynaldo Guerra abandona la reunión, acompañado de su hermano. Ambos pasan muy cerca de Rodrigo, rozándole el hombro. No lo voltean a ver. Rodrigo Barajas considera que es momento de enterarse del resultado oficial de la votación. Retorna al negocio de Felipe Román.

—Todos, un aplauso para el nuevo comisario del Tecolote —propone Ruperto Zúñiga.

—No hay tiempo para festejar —corta de tajo Rodrigo Barajas—. Felipe, ¿tienes lo que te pedí?

—Ahí está adentro.

—Ve por ello.

—Sí.

Felipe Román reaparece a los pocos segundos sosteniendo una tabla de triplay de un metro cuadrado. Ésta pasa a manos de Rodrigo Barajas, quien les anuncia a los ahí reunidos:

—Caballeros, les presento a todos ustedes *La Nueva Ley del Tecolote.*

Los concejales se aglomeran alrededor del pedazo de triplay formando un semicírculo.

—¿Mil pesos de multa por escupir en la calle? —pregunta un ejidatario, sorprendido.

—Así es —responde Rodrigo Barajas, muy satisfecho, con sus pulgares apoyados en su cinturón y su cuerpo larguirucho balanceándose sobre sus botas.

—¿Cinco mil por pronunciar palabras altisonantes frente a una dama? —lee otro.

—¿Diez mil por embriagarse en la vía pública? —agrega otro más.

—Podrás beber en cantinas, ya que abran una, pero ya no se tolerará que la gente ande tomando en la calle —le aclara Rodrigo Barajas.

—¡Se los dije! —exclama el maestro Ernesto Cisneros—. ¡Vamos directo al fascismo!

—Les informo también que he nombrado ayudante a Felipe Román.

—¿Eso significa que también tendremos que mantener a Felipe? —pregunta Ernesto Cisneros.

—También pagarán por la transformación del viejo establo para usarlo como comisaría. Necesitaré que Ramón nos instale una pequeña celda dentro. El ejido pagará los materiales y entre todos contribuiremos con la mano de obra.

—¿Y qué es lo que se supone que hará Felipe? ¿Dar el sereno? —insiste el maestro.

—Felipe me ayudará a hacer respetar la ley que he entregado a todos ustedes y que entra en vigor a partir del día de mañana, además de dar rondines semanales por las tierras de Reynaldo y Ruperto, asegurándose de que ninguno de los dos incurra en actos de cultivo ilegal.

* * *

Los habitantes del Tecolote apenas pueden creer el cambio que ha sufrido su pueblo en los últimos meses, el cual ha pasado de ser la población con más asesinatos por metro cuadrado en el mundo, a convertirse en un verdadero ejemplo de bonanza económica para el país. Uno de los factores que contribuyeron a este nuevo estado de las cosas podría ser la determinación de un comisario elegido democráticamente por sus gobernados para hacer cumplir su ley, que no admite transgresiones de ningún tipo. Rodrigo Barajas es su nombre y la primera impresión que uno se lleva al mirarlo es la de encontrarse frente a uno de esos alguaciles del Viejo Oeste, de pocas palabras y mucha acción, con su bigote a lo Wyatt Earp, su sombrero Stetson y esa mirada serena, reflexiva y sabia que pertenece a una especie de hombre en peligro de extinción. Estamos hablando de un representante de la ley que suele multar con treinta días de salario mínimo a todo aquel que sorprenda *pronunciando* palabras altisonantes frente a una dama.

Rodrigo Barajas ha convertido al Tecolote en el único lugar en todo el estado de Sinaloa en el cual la prohibición de beber alcohol en la vía pública se sigue al pie de la letra. Si por momentos este hombre da la impresión de haber sido chapado a la antigua, o de que es demasiado joven para actuar de la manera en que lo hace, esto se debe a que desde niño fue criado por su abuelo, el antiguo comisario de El Guajolote, Sinaloa, don Rosendo Barajas, quien le enseñó todos esos buenos modales de los que hoy en día hace gala. Al preguntarle si se consideraba una persona anticuada nos confesó que sí, e incluso fue más allá:

—*Si por mí fuera prohibiría los narcocorridos y haría obligatoria tanto la ida al peluquero como la misa dominical. Pero no, no quise llegar a tanto… Imagínate… Se me echan encima… Si así…* —*fue lo que nos dijo, con esa franqueza tan suya.*

—*¿Osea que según usted la religión hace mejores a las personas?*

—*Estoy convencido de ello. Si la gente le teme a Dios no tiene por qué temerme a mí para hacer lo correcto.*

Lo que podría sonar como una manera idealista de conducirse, en la práctica resulta sumamente efectiva, al menos a primera vista, ya que existen opositores a este tipo de política que no lo piensan dos veces antes de mostrarse en desacuerdo con el rumbo que está llevando su pueblo. Uno de ellos es el único maestro de la única escuela primaria en El Tecolote, el licenciado Ernesto Cisneros, quien considera que el pueblo se encuentra a merced de los caprichos de un lunático cuya única lectura en la vida ha sido el libro del catecismo cuando era muy niño, *según sus propias palabras.*

—¿Quiere decir que usted no cree que la vida en El Tecolote haya mejorado en lo absoluto luego del nombramiento de Rodrigo Barajas como su comisario?

—Debo admitir que la gente ya no hace los desmanes que hacía antes, pero no estoy de acuerdo con las razones que los obligaron a ello.

—¿Podría ser más explícito?

—Me refiero a que la gente vive con el terror a hacer algo que le disguste a su vanidosa y soberbia majestad. No lo obedecen porque estén convencidos de ello, sino porque temen sus métodos anacrónicos para aplicar la ley. Eso yo no lo veo correcto. De ninguna manera. Lo que se está haciendo es suprimiendo el libre albedrío de las personas a elegir entre el bien y el mal.

—¿Cuando usted menciona estos "métodos anacrónicos para aplicar la ley", exactamente a qué se refiere?

—Por ejemplo, el otro día, Filiberto Carmona, un exalumno mío que ahora trabaja de caporal para Reynaldo Guerra, en su rancho, vino al pueblo a tomarse unas cervezas, a comerse unos tacos de camarón en el negocio del Cuate, y a pasar un buen rato en general, sin embargo, lo que recibió fue una golpiza salvaje a manos de nuestro sheriff.

—¿Cómo fue eso?

—Sí, bueno, desde que Filiberto era mi alumno ha tenido este problema de incontinencia urinaria. Estoy hablando de que se orinaba en el salón de clases sin que el pobre muchacho lo pudiera evitar. "Perdóneme, profesor", es lo que me decía, y yo no lo regañaba, porque sabía que tenía una enfermedad; vejiga inestable es como le llaman. Y fue lo que le pasó a Filiberto en el negocio del Cuate hace unos días, sólo que esta vez tuvo oportunidad de orinar en el suelo, no en sus pantalones, y al sombrerudo no le pareció. Lo tomó del cabello y comenzó a estrellar su cabeza contra la barra, luego le fracturó el brazo y lo sacó a patadas del establecimiento. Ahora dígame usted si ésos no son unos métodos anacrónicos de ejercer la ley.

El negocio al que se refiere el maestro Ernesto Cisneros es Mariscos El Cuate, "cuna de los mundialmente famosos tacos de camarón azul". *Personas de todo el estado, turistas extranjeros, políticos, y hasta celebridades como el cantante charro Emiliano Villa, han comido en este establecimiento cuya receta para sus tacos de camarón azul es el secreto mejor guardado de todo Sinaloa. Tal parece que todo el que los prueba se vuelve adicto a su sabor, al punto de experimentar una sensación de no querer comer otra cosa en la vida que no sean tacos de camarón azul preparados por el Cuate. Y a ello se deben las largas filas que hace la gente afuera del establecimiento, esperando su oportunidad para comer estos "mundialmente famosos" tacos. Hace tres años este mismo negocio fungía como guarida para algunos de los criminales más despiadados del país, quienes lo usaban para llevar a cabo sus juergas que se extendían a veces por semanas, acompañados por los corridos norteños, el alcohol y las drogas. Nadie que valorara su vida se atrevía siquiera a acercarse a sus puertas. Hace dos años este mismo restaurante fue atacado con granadas y balas de AK-47, al parecer por un bando de criminales contrario al que se encontraba en esos momentos consumiendo adentro. El cierre forzoso de su negocio y el miedo a permanecer en El Tecolote obligaron a Juan Cruz, alias el Cuate, a emigrar, junto a toda su familia, hacia Estados Unidos, como ilegal. Su oportunidad de regresar al Tecolote se le presentó al enterarse de la llegada de un comisario de acero que había logrado apaciguar los ánimos violentos de sus paisanos. Pero él no fue la única persona en El Tecolote dispuesta a ofrecer una semblanza halagadora a favor de su comisario. Tal parece que nueve de cada diez personas que se encuentre uno en la calle están dispuestas a decir lo mismo: que Rodrigo Barajas y su ley han traído una luz de esperanza para esta comunidad que se encontraba al borde del precipicio moral, justo antes de su llegada.*

Amparo Osuna, propietaria de la única tienda de abarrotes en el pueblo, tiene que decir lo siguiente con respecto a la llegada de Rodrigo Barajas al Tecolote:

—*Al principio tenía mis dudas, la verdad. A pesar de siempre verlo bien bañadito y limpiecito, no sabía si este hombre verdaderamente venía a traer la paz o si nomás era otro barbaján dispuesto a hacer la guerra, pero ahora me queda claro que fue muy buena idea esto de postularlo como comisario. Gracias a su llegada, ahora por fin los niños pueden salir y jugar en la calle, sin temor a que sean alcanzados por una bala perdida. Es mucha la diferencia. Además, es un buen ejemplo para aquellos que ya se habían olvidado de la importancia de los buenos modales. Antes no usaba sombrero, pero ahora sí, un modelo ejecutivo de gamuza color café que mandó a traer desde Texas, y yo digo que lo trae nomás para presumir la educación que trae, porque saluda siempre tocando la punta de su sombrero y siempre se lo quita al sentarse a comer.*

El misterio que rodea a Rodrigo Barajas es comprensible, dado que es muy poco lo que se sabe de su pasado, salvo que tanto su padre como su abuelo trabajaron de comisarios en otro pueblo de Sinaloa. Corren rumores a cargo de sus adversarios que lo sitúan en años recientes trabajando para el crimen organizado en Tijuana, lo cual es negado rotundamente por Rodrigo Barajas, quien tiene que decir lo siguiente:

—Al que quiera indagar en mi pasado le puedo decir que luego de que murió mi tata me fui a trabajar de caporal a un rancho en Empalme. Tiempo después, y por culpa del hijo del dueño, se me metió el peor vicio del mundo: el de los gallos. Recorrí todo Sonora dedicado a esta actividad. También estuve un tiempo trabajando el tomate en Culiacán.

—¿Jamás ha estado en Tijuana?

—En mi vida he puesto un pie en esa ciudad.

—¿Jamás ha tenido nexos de ninguna forma con el crimen organizado?

—Jamás he tenido nada que ver con esa clase de gente.

* * *

La imagen de Rodrigo Barajas, con su cara de niño, su bigote castaño y su texana café, al lado de la rubia y sofisticada reportera en traje ejecutivo, llena de celos a una Tamara García frente a su televisor de quince pulgadas, en la ciudad de Tepic, Nayarit.

—Vieja zorra —expresa—. Estás que te lo comes con la mirada —le dice al televisor, mientras sus dos hijos se pelean en la cocina de sus suegros por un videojuego.

Tamara García apaga el televisor. Se encuentra inquieta. Sabe que tiene que hacer algo con respecto a esta situación: Rodrigo Barajas, allá, *solito*, trabajando de comisario, convertido en una celebridad, a merced de cualquier *zorra* que le ponga los ojos encima y lo pretenda embaucar.

Ese pueblo mugroso se encuentra más o menos donde lo dejamos aquella noche en que nos asaltaron… Al parecer salió bien librado… Hasta lo hicieron comisario, piensa Tamara.

—Tengo que ir para allá —concluye.

Rodrigo le habló a su celular hace unos meses. Lo reconoció por la clave de la región. No contestó. Se encontraba al lado de Jaime, quien tenía tiempo molestándola por lo ocurrido durante el viaje a Tepic, cuando fingió no conocer a Rodrigo —el del tatuaje— e incluso lo obligó a seguirlo, para después ver cómo les salvaba la vida, a ella, a él y a su familia.

—¿Segura que no quieres regresar a salvarlo? —le preguntó la noche del asalto Jaime Aguayo, temblando de miedo y de coraje, mientras escapaban a toda velocidad de la emboscada.

—¡No! ¡Vámonos! —le contestó ella, aún llorando.

—¡Todo un pinche héroe! —maldijo Jaime Aguayo.

—Te juro que yo no sabía que iba a pasar esto.

—Claro que no lo sabías, tan sólo querías verlo de nuevo. No te importó tu familia.

La pareja no volvió a tocar el tema de Rodrigo Barajas hasta llegar a Tepic, donde Jaime Aguayo le comenzó a preguntar por él noche tras noche. "¿Y dónde lo conociste? ¿Y de quién fue la idea del tatuaje? ¿Y a qué se dedica? ¿Y cómo la tiene? ¿Y está circunciso? ¿Y lo hace bien? ¿Mejor que yo? ¿Y todavía lo quieres? ¿Piensas en él? ¿Y por qué se dejaron?"

Esta última es la pregunta más difícil de contestar para Tamara, ya que ni ella sabe la respuesta concreta.

Es cierto, ¿y por qué lo dejé?, se pregunta constantemente.

Sí, al final me aburrí de estar sola esperando a que me lo trajeran en una mortaja, pero aun así aquello no era más aburrido que mi vida al lado de Jaime, se contesta.

Tonta, se dice a sí misma.

Y ahora no dejas de pensar en él, agrega.

Tamara no puede más. Verlo en la tele, de esa manera, más guapo que nunca, ha sido demasiado para ella. El amor que siente por sus hijos la había hecho olvidarse de él por un tiempo. Pero ahora es imposible. Tamara desea hablar con Rodrigo Barajas. Escuchar su voz. Decirle que lo ha visto por televisión. Felicitarlo. Preguntarle que cómo le ha ido. No hablar para nada de su familia. No decirle que Jaime aún no ha encontrado trabajo como ayudante de chef en ningún restaurante de comida tailandesa. Tampoco decirle que ahora mismo se encuentra metido en una botarga con forma de doctor calvo, bajo el cruel sol de Tepic, bailando mambo electrónico afuera de una farmacia.

Tamara sabe lo que le va a decir. Está segura de ello.

Tan sólo es una llamada. Para saludarlo, se miente a sí misma.

Va por su celular. Lo saca del bolso. Navega por el directorio de llamadas recibidas. Localiza el número con la clave de Sinaloa.

Envía la llamada.

Espera.

Dos, tres, cuatro timbres.

Alguien contesta.

—Sí.

Es una voz de mujer. No, no puede ser *su* mujer. Es una mujer mayor. Demasiado mayor. Y amargada.

—Bu-buenas tardes —Tamara musita.

Amparo Osuna no la escucha.

—¿Bueno? —grita.

—Buenas tardes —Tamara habla más alto, pero aún con pena.

—Sí —afirma la señora Amparo Osuna.

—¿Se encuentra el señor Rodrigo Barajas?

—¿Quién lo busca? —ladra Amparo Osuna.

—Una amiga.

—Qué amiga.

—Me llamo Tamara.

—No está.

—¿Le puedo dejar un recado?

—A ver.

—Dígale que le hablé.

—Está bueno.

Y Amparo Osuna cuelga. Tamara García siente que el corazón se le sale del pecho. Siente también un alivio. No se arrepiente de lo que hizo. Estuvo bien. Tenía que aprovechar que no estaba Jaime. Ahora tan sólo será cuestión de esperar su llamada, la cual le llega cuarenta y tres minutos después.

—¿Por qué tardaste tanto?

—Te miré por televisión.

—Lo supuse.

—Sí.

—¿Cómo está tu familia?

—Ya se recuperaron del susto.

—Me alegra saberlo.

—Veo que te ha ido muy bien de comisario en ese pueblo. ¿Cómo se llama?

—El Tecolote.

—¿No fue cerca de ahí donde te dejamos en manos de esos tipos?

—El padre de uno de ellos fue quien me ofreció el puesto.

—No cambias.

—Al contrario, ahora soy un hombre de bien. Me encontré a mí mismo en este lugar. Te quiero aquí, conmigo.

—Pero nomás hablé para saludarte porque me acordé de ti, porque te miré en la tele.

—Sabes que eso no es cierto.

—Pero mis hijos…

—¿Qué tienen?

—Yo los amo.

—Puedes traerlos. Seré como un padre para ellos.

—Rodrigo, ¿qué te pasa?

—Tamara, está bien, te perdono, cometiste un error, no asimilaste del todo bien las condiciones de nuestro matrimonio. No supiste apreciar el enorme amor que te tengo. Creíste que con otro sería mejor. Te equivocaste. Lo entiendo. No puedes pagar por ello toda la vida.

—¿De qué hablas?

—¿Quiere decir que en verdad hablaste para saludar?

—Así es.

—Me encuentro muy ocupado en estos momentos. Tu saludo se prolongó demasiado.

—¡Rodrigo! ¡No cuelgues!

—¿Me vas a decir algo?

—¿Estás con alguien?

—No por el momento.

—¿No te estás viendo con esa vieja de la tele que te entrevistó?

—No es mi tipo.

—Te amo.

—Y yo a ti.

—¿Qué haremos?

—Tu lugar es aquí, conmigo.

—Ay, amor.

—Vente ya.

—No puedo…

* * *

Con los dos mil pesos entregados por el comisario Barajas luego de haberle reparado su camioneta, Marco Antonio Román viajó hasta Bahía de Venados, donde acaba de comprarse dos pantalones de mezclilla con roturas de fábrica y tres playeras con el estampado de moda: la calavera de Mickey Mouse a la altura del pecho, como las que usa Adalberto Zúñiga. Marco Antonio Román desea impresionar de esta manera a Cristina en la feria de San Antonio, que se celebra esta noche en el pueblo, luego de seis años de no llevarse a cabo.

Se ve en cada espejo por el que pasa. Le gusta lo que ve reflejado en los vidrios polarizados del banco frente a él. Lleva tiempo soñando con lucir de esta manera. Los cintos piteados, las camisas de seda y los huaraches de tres puntadas han pasado de moda. La nueva moda es la calavera de Mickey Mouse en el pecho y los pantalones de mezclilla con roturas de fábrica. Por algo cuesta tan cara esta marca de ropa.

Ahora, con Adalberto humillado por Rodrigo Barajas, será mucho más fácil aproximarse a Cristina vestido de esta manera. Esto lo piensa Marco Antonio luego de bajar del autobús y mientras camina el sendero de tierra enlodada por las recientes lluvias que vinieron a acabar con la sequía que venía azotando al Tecolote por tantos años.

Marco Antonio se topa con Filiberto Carmona antes de llegar a la tienda de Amparo Osuna. Pasa delante de él sin saludarlo.

—¡Qué bonita playera! —le dice Cristina.

—Gracias.

—¿Es tuya?

—Claro, aquí en la bolsa traigo dos más. Las acabo de comprar con el dinero que me pagó el comisario por haberle reparado su camioneta.

—Está muy bonita.

Marco Antonio Román no lo puede creer. Se sonroja. Todo le está saliendo como lo planeó. Cuando en eso:

—Un cigarro suelto —ordena con tosquedad Filiberto Carmona, parado al lado de ellos—. Rojo.

—Cuatro pesos —le informa Cristina, luego de extenderle la cajetilla.

—¿Cuánto por las playeras y los pantalones? —pregunta el asesino del Chabelo, al tiempo que extrae el cigarro.

—¿Cuánto…? —pregunta Marco Antonio con una sonrisa de nervios encima.

—Te compro todo lo que traes —le dice Filiberto Carmona, mostrándole su sonrisa grotesca y desagradable a María Cristina.

—Pero no está a la venta.

—No me importa.

—Déjalo en paz —interviene la muchacha.

—Tú no debes de andar *a la moda* —determina el bravucón, ignorando a la muchacha.

—¿Y eso por qué? —pregunta tiernamente Marco Antonio.

—No tienes los huevos para la vida mafiosa.

—¿De qué hablas?

—Tu papá no te deja.

Marco Antonio observa la figura de Filiberto Carmona. De abajo para arriba. No le detecta ninguna arma encima. ¿Entonces qué es lo que lo detiene para atacar? Quizá sea la evidente fortaleza de su contrincante. Su cuerpo macizo como guayacán, incluso más fuerte que el de él, por haber trabajado desde niño en el campo. Sus tenazas callosas y grandes y su mirada estúpida, babeante, de no importarle nada su vida. De irse hasta las últimas consecuencias en caso de un encuentro. Pero si es así, ¿por qué aceptó muy despechadito su derrota ante Rodrigo Barajas, aquella tarde en el negocio del Cuate? Bien dicen: "El diablo sabe a quién se le aparece". Lo cual le resulta bastante injusto a Marco Antonio Román, quien no entiende por qué este hombre se ha ensañado siempre con él, desde la escuela primaria, y hoy, al igual que antes, siempre con María Cristina presente, que es lo que más le duele. ¿Qué le pudo haber hecho para merecer esta clase de trato? Que él recuerde, nada. ¿Entonces por qué lo hace? ¿Será porque sabe que Marco Antonio no es un hombre dispuesto a llegar hasta las últimas consecuencias en caso de un conflicto? ¿Será porque, de alguna manera, Filiberto detecta esa debilidad suya, la de pensar mucho las cosas antes de actuar, como lo está haciendo ahora? *En todo caso lo mejor será poner un alto a esta situación, actuando de una vez por todas*, piensa Marco Antonio Román, justo antes de soltar un inofensivo puñetazo sobre la mejilla de su adversario, que permanece incólume después del ataque, con tan sólo una sonrisa un poco más pronunciada que la anterior como única alteración en su rostro.

A Marco Antonio Román le queda claro que ha cometido un error. ¿A quién quiere engañar? Él no es un hombre violento. Sí, últimamente ha estado escuchando todas esas canciones acerca de narcotraficantes y asesinos despiadados, pero él no es uno de ellos. Él es tan sólo un muchacho bueno y sano, que no le desea mal a nadie, y con cierta habilidad para la mecánica, porque además es listo. Todas ésas son sus cualidades. Y es mientras piensa todo esto que Filiberto Carmona le atasca su enorme puño de talador en la quijada, apagándole las luces del mundo de manera inmediata. Más golpes le siguieron al primer puñetazo en la mandíbula de Marco Antonio Román, quien despertó a los pocos minutos en la sala de Amparo Osuna, cubierto con una toalla, sin playera ni pantalón *de marca* encima. En puros calzones.

—No te preocupes, Filiberto no te volverá a molestar —lo tranquiliza María Cristina Osuna, de rodillas junto a él.

—¿Qué?

—¡Lo hubieras visto! —grita emocionada y con una mirada soñadora—. ¡Ay, papacito! ¡Qué huevos de hombre!

—¡Ese lenguaje, señorita! —protesta Amparo Osuna, parada muy cerca de ahí, y sin embargo con una sonrisa de aprobación en su rostro.

—¿Qué pasó? —pregunta de nuevo Marco Antonio Román, a quien María Cristina le contará lo siguiente:

Que Rodrigo Barajas regresó de su cita con el alcalde Galarza antes de lo previsto. Que tenía pensado hablar con su tía acerca de los preparativos para la feria de San Antonio cuando sorprendió a Filiberto Carmona quitándole su pantalón nuevo, ignorando los gritos de ella y de su tía. Que Rodrigo Barajas disparó un tiro de advertencia al aire con su Colt antes de gritarle a Filiberto Carmona:

—Así que además de meón eres mañoso.

—El pleito no es contigo, Chuck Norris.

—¿No te dije la última vez que te saqué del pueblo a patadas que está prohibido cometer actos indecentes en lugares públicos?

—Pero él me pegó primero.

—Tienes tres segundos para soltar esa ropa y venir aquí conmigo, por tu propia voluntad.

—Está bien —dijo el asesino del Chabelo antes de arrojar la ropa de Marco Antonio Román a uno de los charcos formados por el aguacero de la noche anterior.

Y fue en eso que Rodrigo Barajas llegó hasta donde se encontraba Filiberto, a quien primero ablandó con un inesperado gancho al hígado, para de ahí propinarle un *uppercut* a la nariz que lo haría respirar de manera diferente para el resto de su corta vida.

* * *

Luego de escuchar el recuento de lo sucedido por parte de una excitadísima María Cristina, a Marco Antonio Román le queda claro que la chica que más ha deseado en su vida jamás será suya. No después de esta monumental humillación. Esto ya es un hecho para él. Todas sus esperanzas se le han venido abajo... A menos que haga algo al respecto. Y rápido. Tendrá que jugarse el todo por el todo, y dado que el amor de María Cristina es lo único que le importa en este mundo, Marco Antonio Román considera que vale la pena arriesgar la vida por él.

No se hable más, piensa, y de ahí le viene la imagen de una treinta y ocho súper con incrustaciones de oro en la cacha, escondida en el tercer cajón de la cómoda de su padre, quien se ha negado a llevarla consigo durante los rondines que debe realizar diariamente por las tierras de Ruperto Zúñiga y Reynaldo Guerra, para asegurarse que éstas permanezcan libres de cultivos prohibidos.

A Marco Antonio Román, quien se intenta levantar del sillón de Amparo Osuna, le queda claro lo que tiene que hacer con tal de limpiar su honra: ir por esa pistola y matar al puerco de Filiberto Carmona con ella, para demostrarle a todo mundo que con él nadie se mete, por decirlo de alguna manera.

—¿Adónde vas? —le pregunta María Cristina, mientras lo detiene sujetándolo de los hombros.

—A mi casa.

—Pero no tienes ropa...

—¿Y la que traía?

—Filiberto la tiró al lodo antes de que Rodrigo se la pudiera arrebatar de las manos —le informa la muchacha.

—Yo te la voy a lavar. Te va a quedar bien bonita, hijo, vas a ver —le asegura Amparo Osuna.

—Ya no la quiero —les dice Marco Antonio, quien ahora siente un inmenso coraje en contra de Rodrigo Barajas.

—El comisario fue a traerte un pantalón y una camisa para que no salgas así. No tarda —le dice Amparo.

—¡Nomás lo hace para lucirse con su sobrina! ¡Por eso viene a cada rato para acá! ¿No ve que se la quiere coger?

—¿Qué estás diciendo, muchacho malagradecido?

—Son muy tontas para entenderlo —murmura Marco Antonio, hinchado de rabia.

—Déjalo que se vaya.

—Pero no tiene ropa.

—Que se vaya, no lo quiero en mi casa.

* * *

¿Cómo no se me ocurrió haber golpeado primero abajo?, piensa Marco Antonio Román caminando en ropa interior rumbo a su casa, muy poco preocupado por las miradas de asombro de la gente en la calle.

Eso lo hubiera ablandado, agrega en su mente.

Lancé mi golpe con miedo. Es lo que pasó. Porque soy un cobarde, al igual que mi padre. Porque soy incapaz de llegar hasta las últimas consecuencias cuando se trata de probar que tengo huevos. Porque la pienso mucho. Pero todo eso va a cambiar. Sólo me hace falta tener confianza en mí mismo. Tengo más huevos que Filiberto y que Rodrigo. Tengo más huevos que todos. Saqué el carácter de mi mamá, quien ahora trabaja de prostituta en Tijuana. Soy un hijo de puta, eso es lo que soy. Yo debería ser el comisario del Tecolote. Porque nací aquí y porque soy el hombre indicado para el trabajo, se engaña a sí mismo Marco Antonio, mientras se esconde de Rodrigo Barajas, quien se dirige a la tienda de Amparo Osuna con un cambio de ropa suya.

Ya para qué, piensa el muchacho, con la amargura de su nudo en la garganta imposible de pasar, a punto del llanto y sintiendo lástima de sí mismo. Sabedor de que su vida se encuentra a punto de dar un giro definitivo. Que dejará de ser un niño llorón para convertirse en un hombre, un hombre digno del respeto de María Cristina Osuna.

Porque el respeto no es algo que se gane con camionetas o con playeras de moda. No, el respeto se gana con huevos, filosofa Marco Antonio Román.

—¿Qué te pasó, hijo? —le pregunta Felipe Román, espantado, al ver llegar a su hijo en ropa interior.

—Me robaron —responde Marco Antonio, cortante.

—Rodrigo acaba de salir con una camisa y un pantalón tuyo. No me quiso decir para qué.

—A ese cochino le gustan las jovencitas —es todo lo que se digna a explicarle a Felipe Román antes de franquearlo para dirigirse a su habitación, de donde tomará una camisa vaquera, un pantalón de mezclilla, su silla de montar y una treinta y ocho especial con incrustaciones de oro en la cacha.

El muchacho tarda pocos minutos en vestirse. Lleva prisa.

—Luego vuelvo —informa.

—Marco, voy a necesitar el caballo para hacer mi rondín, ¿tú adónde vas? —pregunta Felipe Román, obstruyéndole la salida.

—Quítese, padre, que ando más bravo que un león —le dice Marco Antonio, empujando a Felipe Román con su silla de montar para abrirse paso.

Con el firmamento enrojecido por el dramático ocaso, el muchacho decide ir directo al rancho de los Guerra, ubicado al norte del pueblo, donde el clan se encuentra acuartelado desde hace varias semanas. Marco Antonio ensilla al alazán con rudeza y se marcha galopando rumbo al rancho de los Guerra, con la melodía de "El hijo desobediente" zumbando en su cabeza.

—¿Dónde está Filiberto Carmona? —les pregunta a los hermanos Guerra, quienes esperaron junto al corral la llegada del muchacho.

—Se llevó a su vaca rumbo al arroyo. Le gusta ponerse romántico cuando hay luna llena —le dice Reynaldo.

—¿Su qué?

—No me digas que no sabes por qué le pusimos *el Vaquero*.

—¿Porque le gustan las pistolas?

—Más bien porque le gustan las vacas.

Marco Antonio Román lo piensa por un momento, sentado sobre su caballo, hasta que entiende a lo que se refiere el mafioso.

—Se le revuelve el estomago a uno nomás de pensarlo, ¿no?

—Sinceramente no entiendo cómo lo pueden tener trabajando para ustedes.

—Es necesario tener a tu lado a esa clase de animales.

—Yo lo voy a matar —les avisa el muchacho, envalentonado.

—¿Quieres un consejo?

—A ver…

—Desmonta antes de llegar, sin hacer ruido, y mátalo como el perro rabioso que es: por la espalda. Vacíale el cargador. Asegúrate de mandarlo al infierno, donde pertenece.

—No se preocupe, sé muy bien lo que tengo que hacer —les asegura Marco Antonio antes de partir del rancho de los Guerra forzando a su maltrecho alazán.

—No le debiste haber dicho eso —opina Fernando, mientras observa al muchacho perderse del otro lado del cerro.

—Esta carta hay que saberla jugar muy bien para sacarle provecho —le dice su hermano.

* * *

No ocurriéndosele otra cosa mejor que hacer, Rodrigo Barajas zangolotea el cuerpo de su amigo Felipe Román, mientras le dice:

—¿Por qué no lo detuviste?

—Yo no sabía…

—¿Cada cuándo te llega tu hijo de la calle en calzones para luego irse a los pocos minutos a todo galope en el caballo que nunca usa?

—Es que tú te fuiste con su ropa y no me quisiste decir, y luego él se fue…

—Le prometí al alcalde que no habría ningún asesinato en el pueblo. Fue la condición que puso para no interferir en los asuntos del Tecolote. Especialmente en el día de San Antonio.

—Pensé que estabas preocupado por mi hijo.

—¿No sabes quién tenga otro caballo?

—Pues, Ruperto tiene muchos, pero en su rancho.

—Tendremos que irnos en la camioneta.

—No creo que pueda pasar por ahí.

—Donde nos deje será bueno.

* * *

No, yo no disparo por la espalda, piensa Marco Antonio Román, escondido detrás del mezquite que se encuentra junto al arroyo, con los ojos cerrados, sujetando la pistola dorada con ambas manos.

¿Qué clase de mujer pudo haber engendrado a esta bestia?

Este desgraciado no merece vivir.

Le estaré haciendo un favor a toda la humanidad al matarlo.

Por la espalda o de frente. Como sea…

Es ahora o nunca.

Marco Antonio sale de su escondite, observa el trasero desnudo de Filiberto Carmona, su pantalón en el suelo, la abominable relación que sostiene con el animal, y es en ese instante que Marco Antonio le grita:

—Filiberto Carmona, por ser un grandulón pestilente, cobarde, depravado y bravucón toda tu vida, y por haber matado a Oswaldo Guerra por la espalda, morirás como lo mereces, con tus pantalones en el suelo, mientras usas tu cuerpo para cometer esa abominación con ese pobre e inocente animal —y el discurso que Marco Antonio Román tenía preparado le salió así de perfecto.

—Supuse que vendrías tarde o temprano.

—Supusiste bien —le confirma Marco Antonio, todavía apuntándole.

—La diferencia es que yo no te puse en tu lugar con una pistola. Yo lo hice como hombre, de frente, y con mis propias manos.

—Bueno, supongo que tienes razón, esta vez yo también te encuentro aquí, junto a tu chica, y es justo que te permita pelear frente a frente conmigo, como tú lo hiciste.

—Así es.

—Sin embargo yo no soy justo. Quizá lo fui antes, pero eso se acabó.

—¡No, no me mates! —grita Filiberto Carmona, ahora de frente a Marco Antonio, a quien comienza a tomar en serio.

—Así es como te quería ver, chillando de miedo —le dice el muchacho antes accionar el gatillo, una, dos, tres, cuatro veces.

Lo hiciste, Marco.

Lo hiciste.

Por fin.

Ahora eres un asesino.

Esto lo deben saber todos en el pueblo.

Para que ya nadie se meta contigo.

Esto lo debe saber Cristina también.

Cuanto antes.

Y que sepa también por qué lo hiciste: para librar a la humanidad de otro indeseable más cuyas cochinadas ya no tendrá que soportar, se dice el hijo de Felipe Román a sí mismo, paralizado de miedo y contemplando su obra, cuando en eso escucha pisadas que se aproximan detrás de él. Son dos personas. Vienen armadas con rifles. Cargan cartucho al mismo tiempo.

—Arroja el arma al suelo —le dice uno de ellos.

Es Reynaldo Guerra.

Marco Antonio Román obedece sin voltear su cabeza. Sabe que le han tendido una trampa. Tiene miedo.

—Ahora eres todo un hombre —lo felicita Reynaldo Guerra.

* * *

La vereda que separa al Tecolote del rancho de los Guerra es muy angosta para la camioneta de Rodrigo Barajas, quien reconoce toda esa sección del pueblo como el lugar donde el Turco planea construir su pista de aterrizaje junto a sus socios colombianos. Rodrigo Barajas se pregunta cuál irá a ser su postura respecto a este proyecto.

El vehículo arriba al rancho de los Guerra con la carrocería arañada por la maleza a ambos lados del camino. Rodrigo Barajas y Felipe Román descienden con cautela. Junto al centenar de reses infladas con anabólicos se encuentra Marco Antonio Román, parado muy serio al lado de los hermanos Guerra, recargados ambos sobre el corral de madera.

—No te preocupes, Felipe, no le pasó nada a tu hijo. Te lo estuvimos cuidando —dice Reynaldo Guerra.

—¿Y Filiberto? —pregunta Rodrigo Barajas, preocupado.

—¿Qué hay con él? —pregunta Reynaldo Guerra.

—¿Dónde está? —pregunta Rodrigo Barajas.

—El ya no trabaja para mí. Se fue —contesta Reynaldo.

—Vente con nosotros, Marco.

—El muchacho ha venido a pedirme trabajo y se lo he dado, ¿no es así?

—Así es —responde Marco Antonio Román.

—¿Lo ves?

—¿Trabajo? ¿Y de qué?

—En mi rancho.

—Él no sabe nada de ranchos.

—Va a aprender. Ya me dijo. Además, ya es bastante mayor como para decidir por su cuenta, ¿no es así?

—Sí —admite Marco Antonio Román.

—Quiere decir que aquí no ha pasado nada —dice Rodrigo Barajas.

—¿Como qué?

—Ustedes conocen las leyes del Tecolote, me refiero a cualquier cosa prohibida por esas leyes.

—Pero ésta ya no es su jurisdicción, comisario.

—Cualquier cosa que tenga que ver con el bienestar de los habitantes del Tecolote es mi jurisdicción.

—Aquí no ha pasado nada que deba informársele, comisario. Todo está bajo control, ¿no es así, Marco?

—Reynaldo le está diciendo la verdad, papá.

—Vámonos, Felipe. Tu hijo ya es todo un hombre, él sabe lo que hace.

SEGUNDA PARTE

EL COMISARIO DE ACERO

Gané el concurso de tiro. Ante el asombro de todo el público, acabé uno a uno con todos los discos que me lanzaron al aire, y esto con el viento en contra. Soy bueno manejando la escopeta.

Una distracción me hizo quedar en segundo lugar en el rodeo. Todavía me veo montado sobre el ruano de Ruperto Zúñiga, a punto de salir del cajón, con la madrina en la boca y la soga preparada en mi mano derecha, cuando se me informó de la presencia de un individuo *misterioso* ordenando con toda autoridad un coctel de mariscos en el negocio del Cuate, a esas horas de la noche. Al principio no le di la importancia debida porque, digo, era mi turno de mostrar mis habilidades con el lazo, sin embargo los ojos de Felipe Román evidenciaban una preocupación genuina.

—¿Por qué no lo vas a ver tú? —le pregunté.

—Es un hombre muy misterioso, Rodrigo. No parece de aquí. El Cuate está casi seguro que lleva pistola —fue lo que me dijo mi ayudante.

—¿No será algún hermano de Filiberto?

—Filiberto no tiene hermanos —dijo, justo antes de que me abrieran la barrera.

La distracción me hizo someter a mi becerro cinco segundos después de lo previsto. El trofeo se lo llevó un buchón de piel pinta y residente del Naranjo llamado Baltasar.

Tenía asuntos importantes de los cuales debía encargarme.

Me quité mi sombrero, saludando a Cristina, a Amparo y al resto de las muchachas, que no paraban de aplaudirme, y salí de ahí a toda prisa, siguiendo a Felipe.

* * *

El verdadero nombre del *Apache* era Eduardo Cota. O lo es todavía. Y uno podía llamarle Apache o Lalo, o Lalo Cota o, incluso, *la Locota*, pero esto último sin mostrar el más mínimo registro de sonrisa en la cara, o de lo contrario el interfecto podía hacerse acreedor a un plomazo en la cara bien merecido. Llegó a ocurrir varias veces. Estuve presente en una de esas ocasiones y lo que resultó de todo ello no fue nada bonito de ver.

Estuvimos trabajando por un tiempo juntos cuando se desató la guerra con don Gilberto Sánchez y no nos dábamos abasto. Tiempo después me enteré de que le rompió el corazón una edecán de la cervecería El Venado y el Apache se refugió en el mundo de las drogas. Por eso se me hizo raro volverlo a ver, sentado al mero al fondo del negocio del Cuate, con una botella de Cazadores en la mesa.

—Y, ora tú, ¿qué estás haciendo aquí? —le pregunté, jalando una silla y sentándome en ella con toda confianza.

—Volví con el Turco.

—¿Y eso qué?

—Me mandó a decirte que ya tiene un candidato para las siguientes elecciones.

—Gilberto Sánchez —bromeé.

Al Apache no le hizo gracia.

—Julio Torrontegui. Un señorito de la nueva escuela. Todavía no cumple los cuarenta y ya es doctor en administración de empresas turísticas. Muy amigo del cuñado del Turco, quien sospecha que ya hasta se acuestan juntos. Su lema de campaña es *El futuro es hoy*. ¿Cómo ves?

—Suena bastante mamón.

—Lo es.

—¿Qué tiene que ver conmigo?

—Tendrás que apoyarlo si quieres seguir jugando a ser *sheriff* del Tecolote.

Más claro ni el agua, pensé.

—Éstos son terrenos del Turco. No debe haber ningún voto a favor de don Gilberto —agregó.

—¿Cuándo te vas?

—Tan pronto pasen las elecciones.

—Levántate.

—¿Qué?

—Necesito saber si vienes armado.

—Sabes bien que sí.

—Me quedaré con tu pistola durante el tiempo que pases en El Tecolote. Aquí no permitimos que los individuos vayan armados por la calle.

—Pero no estoy en la calle.

—Da lo mismo. Esto es un lugar público. Familiar.

El Apache me entregó su nueve milímetros, la cual metí a mi pantalón.

—Es cierto, ¿no hay aquí una cantina con un poco de vicio y pecado?

—Están reabriendo una enfrente. No estuve muy de acuerdo cuando me lo propusieron pero reconozco que es necesario.

—Eres el gruñón del pueblo.

—Me gustan las cosas como están hasta ahora, sin muertos ni balaceras en la calle. Planeo que El Tecolote siga de esa manera. Cualquier persona que se oponga a ello se las verá conmigo.

En eso el rostro del Apache cambió por completo. Sus pupilas se le dilataron y los ojos casi se le salían de sus cuencas, mientras enfocaban algo que se encontraba detrás de mí. Tuve que voltear a ver. Era Ramona Zúñiga, con su cabellera frondosa y rizada, efectivísima para llamar la atención, contoneándose sobre sus botas de terciopelo color negro que le llegan hasta la rodilla de su entallado pantalón de mezclilla y que le hacían caminar con el culo parado por lo alto de su tacón. Se fue derechito y muy rápido a la barra, donde le pidió al Cuate que le encendiera su Benson y le sirviera un tequila, volteando intermitentemente hacia nuestra mesa.

—¿Quién es ésa? —preguntó el Apache, con el rostro aún desencajado.

—Olvídalo, no te conviene.

—¿Por qué?

—Es una arpía.

—Tú no te preocupes, son mi especialidad.

—No aprendes.

—Me recuerda mucho a Pilar.

—Quizá veinte años mayor —calculé.

—Ese tipo de mujeres no envejecen tan fácil…

—Es la esposa de Ruperto Zúñiga.

—Pues al parecer eso no te detuvo mucho a ti…

—¿Por qué lo dices?

—No te quita la mirada de encima.

Volteé a ver una vez más hacia la barra. Era verdad, Ramona Zúñiga ahora tenía su mirada fija en mí, sin importarle el qué dirán. Al parecer me vio salir de la villa charra luego del torneo y me siguió hasta la cantina del Cuate, esperando verse conmigo ahí para recriminarme un par de cosas, sin embargo la presencia de mi compañero la contuvo.

Debo admitir que me había distanciado un poco de ella esos últimos días. ¿Que por qué despreciaba semejante mujer? No lo sé… Supongo que porque no me parecía correcto lo que estaba haciendo. Me refiero a andarme involucrando con una señora casada mientras era comisario del pueblo.

Digamos que había cambiado mucho mi manera de ver las cosas durante esos días. Para ser más preciso lo pondré de la siguiente manera: *habían cambiado mis valores*. Era la verdad. Antes hasta lo pude haber andado presumiendo. Ahora no le veía por ningún lado el orgullo a ello, sino más bien todo lo contrario. Me avergonzaba. Por eso digo que había cambiado mucho. Por ejemplo, ya no tomaba tanto como antes.

Tan sólo unas tres copitas de tequila con la comida y con la cena. Cuando mucho cuatro.

Sí, me sentaba bien este trabajo.

Cuando en eso todo cambió:

—A todo esto, ¿qué tal está el hotel? Alquilé una habitación para todo un mes.

—Hasta hace una semana era una funeraria. Yo mismo vivo ahí.

—¿Ya no se muere la gente aquí desde que tú llegaste o qué?

—Decidimos que cada quien vele a sus muertos en sus respectivas casas, como se hacía antes.

—Me tocó ver a Tamara en la recepción, justo cuando me estaba registrando. Todavía traía sus maletas. Hizo como que no me vio.

—¿Tamara? —pregunté, recuperándome del baldazo de agua helada.

—¿Qué? ¿No lo sabías?

Los fuegos artificiales comenzaron a tronar en el cielo y la tambora arreció en la calle. Era como una señal de que todo iba a cambiar de ahora en adelante.

—Me tengo que ir —dije, levantándome.

—Adelante, *matador* —me dijo el Apache.

* * *

En la recepción de El Gran Sueño se encontraba Tamara, tan guapa y tan joven como siempre. Lo último que supe de ella es que no abandonaría a su familia, y, sin embargo, ahí estaba. Conmigo.

—¿Te dijo el Apache que estaba aquí? —me preguntó, luego de que nos besamos.

—Sí.

—No me había atrevido a ir a buscarte.

—¿Y tu familia?

—Jaime se pegó un tiro.

—¿Qué?

—No pudo soportar *la situación*… fue demasiado humillante para él… Estábamos llenos de boletas del monte de piedad… Vivíamos con su mamá, discutíamos todos los días… Pidió una pistola prestada… Ahora la vieja me culpa de todo… Dice que le exigía demasiado —y Tamara se soltó a llorar en mi hombro.

—Ya, ya —le dije, acariciándole su hermoso cabello, tranquilizándola—. Tú no tuviste la culpa de nada —le mentí.

—Yo sé que sí…

—No digas eso.

—Yo no soy una buena esposa… Ve cómo fui contigo… Ni siquiera te cocinaba… Con Jaime era peor. Seguido lo humillaba… Yo lo llevé a la tumba, Rodrigo.

—¿Qué le viste? —tuve que preguntarle, por fin.

—Era muy buen bailarín.

—Bueno, algo es algo.

—Sí.

—¿Y los niños?

—Están con mi suegra.

—Tú y yo vamos a salir adelante.

—¿Verdad que sí?

—Pasa un tiempo aquí, conmigo, y si te gusta, te traes a tus hijos.

—¡Gracias, mi amor! Vas a ver que me voy a esforzar y te voy a cocinar, y siempre te voy a traer bien planchadito. Voy a aprender a hacer todas esas cosas.

—Hay un problema.

—¿Sí, mi vida? ¿Cuál es ése?

—Gano muy poco trabajando como comisario del Tecolote, te advierto que no vamos a vivir con todos los lujos que teníamos en Tijuana.

—Ay, eso no es problema. Yo te voy a hacer rendir tu dinero.

Sabía que mentía, pero, ¿qué podía hacer? Si la vieran, todos ustedes me darían la razón. Una vez que tienes frente a ti ese cuerpo y ese rostro, maduros ambos, y a la vez más jóvenes que los de cualquier chica de diecisiete años, un vientecillo de libertad recorre todo tu cuerpo, y ese vientecillo es el que te hace creer que eres capaz de hacer lo que sea por ella, y, sin embargo, libertad es lo último que consigues al lado de una mujer como Tamara, mientras te pasas todo el día intentando complacerla. Sé que eso fue lo que le sucedió al pobre de Jaime, quien pasó los últimos días de su vida metido en una botarga con forma de doctor calvo, bailando mambo electrónico afuera de una farmacia de medicinas genéricas.

—Necesito que me acompañes —le dije, tomándola de la mano.

—¿Adónde vamos?

—Hoy es la fiesta de San Antonio.

—Pero necesito arreglarme.

—Estás bien así como estás, pero si quieres puedes ir subiendo a mi cuarto.

—No tardo.

A los pocos minutos Tamara salió del baño aún más impactante que hacía un momento. Se había quitado el short de mezclilla que traía y se colocó un sencillo vestido primaveral que funcionaba muy bien en una noche tan fresca como aquélla. Llevaba su cabello suelto y calzaba unos zapatos de plataforma. Definitivamente no era seguro para nadie el que una mujer como Tamara se paseara libremente por las calles del Tecolote a esas horas.

Lo bueno es que venía conmigo.

Al entrar al negocio del Cuate las damas se molestaron. Pasaban su mirada de Tamara hacia sus maridos, escudriñando cualquier tipo de reacción en su rostro. La excepción la hacía Ramona Zúñiga, quien ignoraba a su esposo y simplemente se dedicaba a mirar a Tamara de manera desafiante, de arriba para abajo, registrando cada detalle de su cuerpo y de su indumentaria, para luego posar su vista sobre mí. El Apache era sensible a esta atmósfera rara que imperaba en el negocio del Cuate y su eterna sonrisa ensopada en tequila apenas podía contener la inminente carcajada.

—Les presento a mi novia Tamara. Llegué al Tecolote siguiéndola y ahora por fin estamos juntos.

—¡Eso amerita un brindis! —propuso Ruperto Zúñiga.

—Ay, no seas ridículo, Ruperto —intervino su mujer.

—Tamara, quiero presentarte al alcalde Galarza y al candidato al gobierno estatal, el licenciado Julio Torrontegui.

Ambos se pararon de su asiento para saludar a mi compañera.

—Mucho gusto.

—Encantado de conocerla.

—Igualmente.

—Su novio es un virtuoso con la escopeta, ¿lo vio acabar con todos los discos que le lanzaron al aire? —le informó el alcalde a Tamara, todavía asombrado.

—Acabo de llegar.

—Qué lástima. Fue algo digno de verse —agregó.

Enseguida el alcalde se dirigió a mí.

—Le he estado explicando al futuro gobernador, aquí presente, lo mucho que ha hecho por El Tecolote.

—Gracias.

—Jamás había visto un pueblo tan bien organizado detrás de su comisario, o usted qué piensa, mi futuro *gober*…

—No me queda duda: *el futuro es hoy* —repitió su lema de campaña el tecno candidato, un individuo de manos suaves y anteojos ultramodernos que no volvió a decir nada más en toda la noche.

—Pues yo tengo mucha hambre —manifestó Ruperto Zúñiga.

—Tomemos asiento —propuso el alcalde Galarza.

—¿Están listos para ordenar? —preguntó el mesero.

—Tráiganos una mariscada fría y otra caliente. Para ocho personas —propuso Ruperto.

—¿Y qué piensa de que don Ruperto esté abriendo una cantina enfrente de este lugar? —me preguntó el alcalde Galarza, quien no paraba de comer ni para hablar.

—Con tantos ranchos prosperando en El Tecolote supongo que se requiere de un lugar donde se puedan divertir las personas adultas. Lo que me preocupa en estos momentos son las nuevas bancas del parque y la cancha de basquetbol que están por inaugurar, con su placa de agradecimiento dedicada a un tipo como Reynaldo Guerra.

—¡Lo mismo digo! —vociferó Ruperto Zúñiga.

—¿Pero por qué le preocupa eso, comisario?

—Conozco bien a Reynaldo Guerra. Es de los tipos que *no dan paso sin guarache.*

—Se lo dije, alcalde —dijo Ruperto.

—Pues déjeme decirle que usted y don Ruperto son las únicas dos personas en contra de la construcción de las nuevas bancas y de la cancha de basquetbol.

—La gente tiende a olvidar —dije.

—Lo que me dice usted es que Reynaldo algo se trae…

—Así es.

—Lo tendremos en cuenta.

Y en eso la civilizada reunión fue interrumpida por el profesor Ernesto Cisneros, quien irrumpió en el negocio del Cuate visiblemente ebrio y más afeminado que de costumbre. Lo acompañaba una señora ya mayor, malencarada, de piernas arqueadas y cuerpo cuadrado. La mujer, quien llevaba encima un vestido de seda color negro, se mantenía detrás del profesor.

—¡Yo no te tengo miedo, asesino! —me espetó el maestro.

—Profesor, ¿qué le pasa? —le preguntó Ruperto Zúñiga.

—¡Me pasa que estoy harto de la indiferencia imperante y de la abulia generalizada! ¡Nadie más que yo se atreve a protestar en contra de los innumerables abusos perpetrados por este señor!

—Maestro, contrólese.

—¿Que me controle? ¿Que no diga nada luego de que la pobre doña Dolores reciba el cadáver de su hijo Filiberto con dos agujeros de bala en la cara y cuatro en el pecho mientras todos los habitantes del Tecolote se encuentran de fiesta, tan sólo porque todavía no les pasa lo mismo a ellos? ¿Eso es lo que quieres? ¿Que diga, *ay, no pasa nada*, y me ponga a festejar con ustedes los actos impunes de un asesino? ¡A qué nivel de inconsciencia hemos llegado! —siguió berreando el inconforme.

—Daré aviso a la procuraduría para que investigue este hecho que, le prometo, no quedará impune —le aseguró el alcalde Galarza al profesor.

—Señora, ¿quién le llevó el cuerpo de su hijo a su hogar? —quise saber.

—Los trabajadores de Reynaldo Guerra —me contestó el aguafiestas.

—Vayamos a ver eso de una vez —dije, levantándome de mi silla.

—Sí —dijo el alcalde.

"El que a hierro mata a hierro muere", le pude haber dicho al profesor Cisneros, sin embargo tal cosa hubiera significado rebajarme a su nivel de vieja argüendera y por eso no dije nada.

* * *

Los judiciales arribaron al pueblo por la madrugada pero no resolvieron gran cosa. Tan sólo se llevaron el cuerpo de Filiberto para realizarle el peritaje de rutina, luego de que contesté algunas indagatorias que no llegaron a ningún lado. Y eso fue todo. Me sentí verdaderamente mal de no haber dicho nada respecto a la posible participación de Marco

Antonio Román en el crimen, pero le debía al menos eso a su padre. María Cristina y su tía Amparo hicieron lo mismo. Ninguna de las dos mencionó el altercado ocurrido en su negocio por la tarde.

Luego de que se fueron los judiciales del pueblo me relajé bastante. No le di tanta importancia ni a los berrinches del profesor Cisneros ni a la instalación de las nuevas bancas en el parque ni a la construcción de la cancha de basquetbol. Tenía otras cosas en qué pensar. La feria de San Antonio había comenzado y, a pesar de que todo marchaba viento en popa, tenía uno que estar siempre alerta. Además, Tamara se había venido a vivir conmigo.

Comíamos y cenábamos en el negocio del Cuate. Los desayunos los hacíamos en casa de Felipe. En esos días me la pasaba buscando una oportunidad para darme una escapada al hotel y "treparme al guayabo", como vulgarmente se dice. Ah, y también me daba tiempo para buscar un hogar para Tamara y para mí en El Tecolote. Casimiro me ofreció su pequeña casa de adobes que tenía muy cerca de la iglesia, pero a Tamara no le gustó porque tenía piso de tierra y letrina, y por ello mejor nos quedamos a vivir en el hotel otro tiempo más. Luego Tamara se empezó a disgustar de ver a todos esos ejidatarios en sus camionetas del año, siendo que antes de que yo llegara hasta habían estado pensado en vender porque no había seguridad en El Tecolote ni certidumbre y no hacían dinero por temor a que los fueran a secuestrar. Así de graves estaban las cosas. Y fue entonces que Tamara me comenzó a meter cosas en la cabeza:

—Avívate, Rodrigo. Ellos andan muy contentos con todo lo que tienen gracias a ti, y tú no tienes nada que sea tuyo.

—¿Qué sugieres? ¿Que pida un aumento? —le pregunté, curioso.

—No. Si vas a pedir algo pide algo bueno, como un terreno, o una concesión exclusiva para vender cerveza en la feria.

—Eso sería corromperme.

—Bueno, qué chiste tiene ser del gobierno si no le vas a sacar su provecho.

—No —repliqué, tajante.

—Pues entonces ve pensando cómo le vas a hacer porque con lo que ganas de comisario me vas a traer con "una chancla de una y otra de otra".

Hasta ese momento no había reflexionado acerca de lo poco que el ejido estaba pagando por mis servicios. Me encontraba tan convencido de la nobleza de mi proyecto que la cuestión financiera pasó a segundo plano, sin embargo la presencia de Tamara en El Tecolote lo complicaba todo.

¿Qué es lo que debo hacer?, me preguntaba.

En un mundo inmerso en la barbarie logré construir un bastión donde valores continuamente vapuleados como el respeto hacia las personas mayores y la cortesía frente a las damas encontraron refugio. Un pequeño reducto de orden dentro del caos donde habitaba una población inmune a la vulgaridad del nuevo siglo gracias al buen ejemplo de su líder, en este caso yo. El caso es que estaba a punto de echar todo ello a perder con tal de complacer a una mujer egoísta que no comprendía lo que estaba haciendo y el porqué.

—Tamara, me temo que no podré hacer lo que me pides —finalmente le dije.

—¿Qué?

—Para toda esta gente soy su última esperanza. Es gracias al ejemplo que doy que ahora todos ellos obran de manera correcta, como siempre lo debieron de haber hecho. No me pueden ver sucumbir ante las innumerables oportunidades de beneficio personal que me rodean.

—Suenas como un loco.

—Sólo digo que hay que predicar con el ejemplo, si no, cómo me podrán obedecer.

—Rodrigo, te voy a dar toda esta semana para que lo pienses mejor, si no te avivas me temo que tendré que buscarme a alguien que sí se preocupe por mi bienestar.

—Yo soy ese alguien.

—Si realmente te preocupara me tendrías viviendo como me lo merezco, no dando lástima.

—Está bien, Tamara, veré qué puedo hacer —le dije, antes de salir a la calle y toparme con el Apache y su sonrisa permanente.

—¿Problemas con tu mujer? —me preguntó, con su espalda recargada contra la fachada de El Gran Sueño

—A ti qué te importa.

—Las paredes son muy delgadas.

—¿Qué haces aquí?

—¿Aquí en la calle? Voy de salida.

—Aquí en El Tecolote.

—Ya te lo dije, me voy a quedar a ver cómo marcha la jornada electoral de este 11 de julio.

En ésas estábamos cuando se escuchó el rugido de un motor doblando la esquina. Era Marco Antonio Román conduciendo la camioneta de Reynaldo Guerra, con el asiento hasta atrás, una mano en el volante y la otra de fuera. Como un mamón. Luego subió el volumen de su música. La canción a cargo de un tipo de voz chillona narraba las vivencias de un asesino a sueldo.

—¿Ya viste el nuevo malandrín del pueblo?…

—¿Qué? ¿Eso?

—Dicen que ya fue y mató a dos buchones de Los Pinitos por encargo de su patrón Reynaldo Guerra. ¿No vas a hacer nada al respecto?

—Si lo hizo allá está fuera de mi jurisdicción.

—¿Por qué no me haces delegado?

—Ya tengo uno.

—¿Y estás seguro que ese que tienes está haciendo su trabajo como es debido?

—¿Qué me estás diciendo?

—Yo que tú lo trajera más corto.

—¿Por qué lo dices?

—¿No es el encargado de dar los rondines semanales a las tierras de Reynaldo y Ruperto?

—Así es, Felipe se asegura de que Reynaldo no plante su amapola ni Ruperto su marihuana, para no tener problemas.

—Corre el rumor de que allá arriba, cerca de Los Pinitos, donde Reynaldo plantaba antes su amapola, ahora tiene un laboratorio. Es más negocio. Tan sólo fue necesario comprarse a tu ayudante.

—Felipe Román es el hombre más interesado en que El Tecolote no regrese a la época en que era gobernado por criminales —le aclaré.

—Como te dije, yo que tú lo trajera más cortito.

—Te veo luego, Apache. Debo ir a la comisaría.

—Cuídate.

El comentario del Apache sin duda me dejó consternado. Ahora tenía muchas cosas en qué pensar en mi camino a la comisaría, ubicada a unas cuantas cuadras de distancia del hotel, donde se encontraba Felipe, platicando muy a gusto con un trabajador del rancho de don Aquiles, a quien sacamos a coscorrones de la cantina la noche anterior.

—A mí me gusta más la birria de chivo que la de res, lástima que deja más apestosa la boca —le decía mi ayudante a Ramiro, quien opinaba lo mismo, por lo que se veía.

—Vente, Felipe, vamos a ir a Los Pinitos. Deja libre a Ramiro —los interrumpí.

—¿A Los Pi-pinitos? —tartamudeó.

—Así es.

—Pe-pero… ¿Para qué?

—Quiero ver las tierras de Reynaldo.

—Pero ya-ya fui yo e-esta semana.

—No importa, quiero que vayas otra vez. Conmigo.

—¿Desconfías de mi trabajo?

—Quiero descartar la veracidad de un rumor.

—¿Qué rumor?

—Se dice que Reynaldo ha montado un laboratorio…

—¡No puede ser! ¡Acabo de ir y no había nada ahí! ¡Son mentiras!

—Deseo confirmarlo por mi propia cuenta.

—Me niego a participar en esto. Si no crees es mí, está bien, ve por tu cuenta. Yo no te voy a acompañar.

—Como gustes.

—¡No!

—¿Qué pasa?

—Quiero ir contigo —dijo finalmente—. Es probable que se me haya escapado algo.

* * *

Dejamos nuestros caballos al pie del cerro empinado. Había estado tan sólo una vez y de noche en el pequeño claro que servía de parcela clandestina para Reynaldo Guerra, aun así conocía bien el terreno, por lo que no me costó gran trabajo dar con él. Todo esto a pesar también de los esfuerzos de Felipe por desviar mi trayectoria.

—Que por aquí no es —me insistía, fingiendo cansancio.

Para ese entonces ya no era necesario recordar nada. El atropellado sendero en lo alto de la sierra se encontraba tapizado de basura de buchón: latas de cerveza light, botellas de Buchanan's, condones y otros deshechos de buchón.

Escuché los pasos de alguien caminando en nuestra dirección. Una sola persona. Venía bajando del punto donde me habían despojado de mi camioneta la noche anterior a mi arribo al Tecolote.

—Escóndete —le ordené a Felipe.

Escondidos detrás de unos arbustos, ambos vimos pasar a Marco Antonio Román cargado de víveres. La prueba contundente de que Reynaldo Guerra lo había enredado en sus actividades ilícitas.

—Te juro que no sabía nada —me aseguró Felipe, luego de que pasó su hijo frente a nosotros.

—Me mentiste —le reproché, decepcionado.

—Todo mundo lo sabía menos tú. Tú sólo te dejaste engañar.

—Me fallaste, Felipe.

—Reynaldo me amenazó con denunciar a Marco por el asesinato de Filiberto. Tiene la pistola con las huellas de mi hijo en ella.

—Eso no es justificación.

—No todos podemos ser como tú. Algunos tenemos debilidades.

—No voy a seguir discutiendo contigo —le aclaré, iniciando mi marcha hacia la carpa que hacía las veces de laboratorio clandestino.

—Estás fuera de tu jurisdicción, Rodrigo. Esto no te compete —me informó Felipe, apuntándome con su arma.

—Estás renunciando a tu puesto como ayudante del comisario —le dije, volteándolo a ver.

—Lo sé.

—¿Qué harás?

—Regresa al Tecolote. Yo hablaré con Marco.

—Es demasiado tarde, de nada servirá. Has perdido a tu hijo.

—Hazme caso.

Lo hice. Regresé solo al pueblo. Le debía eso al menos a Felipe Román, el hombre por el que me había quedado en El Tecolote a librarlo de los criminales que lo estaban asfixiando. Ahora él se había convertido en uno de ellos. Sobra decir que me encontraba desilusionado.

Había llegado el momento de buscarme otro ayudante.

* * *

Mientras limpiaba mi revólver y lo aceitaba, charlaba con mi nuevo ayudante acerca de las nuevas muchachas trabajando en la cantina de Ruperto Zúñiga. "¿Qué piensas de *eso*?", le pregunté con mi tono de comisario gruñón.

Lo que el Apache opinaba era que algunas de las muchachas *estaban bastante bien.*

—Digo, como para trabajar en un pueblo bicicletero como El Tecolote —agregó.

Yo le decía que de haber sabido que el lugar se convertiría en un burdel me hubiera opuesto con más empeño a su apertura.

—Rodrigo… —me interrumpió.

—Qué.

—¿Te volviste *broder*? —me preguntó el Apache, extrañado.

—Si te refieres a que si me volví fanático religioso la respuesta es *no*. De hecho, disto mucho de ser el católico practicante que debiera ser, según lo inculcado por mis abuelitos.

—¿Entonces qué te pasó?

—¿A qué te refieres?

—Antes no eras *tan así.*

—¿Antes no era tan cómo?, ¿tan consciente?, ¿tan responsable?, ¿tan honesto? Tienes razón, no lo era. Antes era otra sanguijuela más, creyendo que el mundo no me merecía y que si ganaba dinero ensangrentado era porque *el sistema* estaba mal. Luego descubrí la verdad…

—¿Y cuál es esa verdad?

—Que no hay nada más patético que culpar a otros de tus actos.

—¿Y es por eso que estás haciendo todo esto?

Le iba a decir que sí, que esto que estaba haciendo en El Tecolote era mi manera de enderezar el rumbo que llevaba el mundo, de desviarlo del precipicio al que se dirigía tan feliz de la vida, justo cuando fui interrumpido por la señora Amparo y su sobrina Cristina, quien además de llevar puesta una blusa color amarillo con un escote muy provocativo, cargaba sobre sus manos un pastel de cumpleaños.

—¿Cómo lo supieron? —pregunté.

—No podemos revelar nuestra fuente —dijo Cristina, quien lucía más radiante y hermosa que nunca.

Se estaba convirtiendo en una verdadera mujer.

—¡Pero levántese! ¡Que queremos darle su abrazo! —agregó.

Así lo hice. El Apache atestiguó aquel abrazo con la boca abierta, babeante, saboreándoselo, mientras los esponjosos pechos de la muchacha se aplastaban contra mi sólido abdomen, por lo bajita que es ella y lo alto que soy yo. Enseguida me felicitó la señora Amparo, quien cargaba una cajota con un listón color azul encima y envuelta en un papel de regalo adornado con pistolas, caballos y espuelas.

—¿Qué le regaló su novia? —quiso saber la tía de Cristina.

—Bueno, ella creo que todavía no lo sabe.

—¿No sabe que hoy es su cumpleaños? —preguntó Cristina.

—No lo creo —dije.

—Qué muchacha tan distraída —dijo Amparo Osuna.

—Sí —repuse, frotándome la nuca.

Apenado.

—Nosotras le traemos esto.

—No se hubieran molestado.

—¡Ábralo! —gritó la muchacha.

Emocionada y nerviosa a la vez.

Dentro de la caja había un cinturón de cuero, muy bonito, y dos estrellas de latón, una que decía *comisario*, para mí, y otra que decía *ayudante del comisario*, para mi ayudante. Las mujeres lucían nerviosas. Temían que recibiera aquel obsequio como una clase de burla, pero se equivocaron. Al contrario, no me dio pena admitir que es lo que había estado deseando desde hace mucho tiempo. Y no me importa tampoco que ustedes se burlen de mí por ello.

Cada quien, es lo que pienso.

Como digo, no me enojé, al contrario, lo que dije fue lo siguiente:

—¡Mira, Apache, qué bonitas están las estrellas! ¡Son para ti y para mí!

—Yo no me voy a colgar esa madre —gruñó él.

—Lo harás si quieres seguir siendo ayudante del comisario, para que la gente te identifique.

—Está bien, *jefe*, pero ni creas que me voy a poner cinturón, me voy a ver muy ridículo. Con mi sobaquera tengo.

—Si no es para ti, es para mí, y yo sí lo voy a usar porque está muy bonito. Gracias.

—Ay, de nada, comisario. Qué bueno que le gustó su regalo. Lo elegimos entre las dos —dijo la señorita Cristina Osuna, mirando de reojo al Apache.

—Bueno, qué, ¿no vamos a comer un poco de ese delicioso pastel? —dije yo.

—¡Sí, claro! —dijo la señora Amparo, quien ya venía preparada con un galón de leche y vasos desechables traídos desde su tienda.

Metí la pistola al cajón de mi escritorio, limpié un poco la superficie con una franela y nos dispusimos a comer ahí mismo.

—Con esto aguanto hasta que vuelva a comer —comentó el Apache, frotándose la barriga, que no era muy grande, sólo que tenía la habilidad de expandirla como lombriciento cada que quería.

—Le llevaré una tajada al Químico —dije.

—¿Quién es el Químico? —preguntó la tía.

—El encargado de mezclar los anabólicos en el rastrojo de Reynaldo Guerra. Ayer lo pillamos jugando con cartas marcadas.

—Bueno, los dejamos para que sigan trabajando —dijo Cristina.

—Hija, ¿no le ibas a decir algo al comisario? —preguntó Amparo.

—Ay, tía, no tiene importancia.

—¡Claro que la tiene! Es un asunto muy serio.

—¿Qué pasa? —quise saber.

—Marco Antonio —dijo la señora.

—¿Qué hay con él?

—Se ha convertido en un barbaján.

—Lo sé.

—Trabaja para Reynaldo... haciendo droga.

—Sabemos eso también.

—¿Entonces por qué no hacen algo al respecto?

—Su laboratorio está en Los Pinitos. Eso queda fuera de mi jurisdicción.

—¿Por qué no habla con los federales?

—No queremos a ellos aquí.

—¿Y luego?

—No se preocupe, Amparo. Mi compañero y yo estamos pensando en una manera de acabar de una vez por todas con los Guerra. Se les dio una oportunidad de convertirse en hombres de bien y no la aprovecharon. Ahora tendremos que destruir su organización criminal de una vez por todas.

—Marco Antonio ha amenazado a mi sobrina con *robársela*. Y en estos tiempos. ¿Puede creerlo?

—Ya no me sorprende nada.

—Tantos muchachos en este pueblo y ninguno que valga la pena —comentó Amparo Osuna—. Bueno, excepto usted, comisario, pero entiendo que ya está apartado —se corrigió.

—Ay, tía...

—¿Cree usted que hicimos lo correcto al no decirle toda la verdad a los judiciales de lo que pasó en mi tienda la tarde en que mataron a Filiberto?

—Lo hicimos por Felipe.

—¿Y ahora qué hacemos?

—Le recomiendo que mande a su sobrina a estudiar fuera. Que conozca a otra clase de personas.

—Pero es que no tengo dinero.

—Hablaré con el alcalde de su caso. Su sobrina es una muchacha muy inteligente, he visto la rapidez con la que saca las cuentas cuando voy a su tienda, sin usar la calculadora. Sería un desperdicio el que se quedara en este pueblo a esperar a un huarachudo un poco menos borracho que el resto.

—No se moleste. Con que mantenga a raya a ese pelafustán me conformo.

—Veré qué puedo hacer.

—Yo le digo a mi tía que no se preocupe, comisario. A mí se me hace que Marco Antonio es inofensivo.

—No estés tan segura de ello, Cristina. Los que estamos aquí sabemos que él fue quien asesinó a Filiberto Carmona, y por lo que sé lo hizo a sangre fría, mientras éste se encontraba desarmado.

—Sí —dijo la chica.

—Bueno, nos vamos.

—Gracias por preocuparse por mí, comisario.

Y en ese momento María Cristina me plantó un beso en la mejilla que me dejó un poco atolondrado. Su tía me dio otro abrazo y se despidió otra vez, antes de salir junto a su sobrina de la comisaría.

—Esa muchacha pide a gritos que te la cojas, Rodrigo…

—Apache, no voy a permitir esa clase de lenguaje en mi oficina. Más respeto, por favor —lo interrumpí, indignado.

El Apache era un tipo en el que se podía confiar. Un sujeto más parecido a mí que alguien común y corriente como Felipe Román, por poner un ejemplo. En pocas palabras *un profesional*. Y es que los verdaderos profesionales *poseemos* un innato sentido del deber, del honor y de la lealtad, ausente en tipos como Felipe Román, quienes por lo mismo no progresan en ningún ramo. Porque no son leales ni con ellos mismos. Además, la presencia del Apache, por una razón u otra, me hacía más fuerte. Ahora más que nunca los habitantes del Tecolote veían la comisaría como una institución con la que no se podían pasar de listos.

Lo único que me molestaba del Apache era su lenguaje soez y sus comentarios vulgares de toda la vida, lo cual de plano no podía corregirle, por más que me esmeraba en ello, y todavía él decía que era yo el que estaba mal, que porque no me expresaba como él lo hacía, que porque el ser educado y el hablar apropiadamente ya estaba pasado de moda. ¿Lo pueden creer?

—Estás mal.

—Pues prefiero estar mal a hablar como puto —es lo que me terminaba diciendo.

En fin. Nadie es perfecto.

Por lo demás, nos llevábamos muy bien. Sabía la razón por la que había venido al Tecolote: para proteger los intereses del Turco en las elecciones estatales que se llevarían a cabo dentro de tres días. Él mismo me lo había confesado. Al mismo tiempo sabíamos los dos que eso no era lo único que lo mantenía trabajando ahí, conmigo. Lo cierto era que nos gustaba el trabajo que desempeñábamos, y nos gustaba también el pueblo, y nos gustaba la causa que representábamos. Una causa muy noble. Le daba sentido a nuestras vidas. Y cierta paz también. Sin embargo esa paz se acababa tan pronto regresaba cada noche a los brazos de Tamara, los cuales nunca estaban abiertos para mí, sino que siempre se encontraban cruzados, y yo los tenía que destrabar a la fuerza si quería un abrazo, y todo por el maldito dinero, que seguía sin ser suficiente.

Qué lío.

—Ya hablé con él —me dijo Tamara, tan pronto crucé la puerta.

—¿Con quién? —le pregunté, mirando sus valijas hechas.

—Te informo: voy a trabajar en la cantina de Ruperto Zúñiga.

—¿Qué estás diciendo?

—Necesito estar con mis hijos, Rodrigo, y tú no ganas lo suficiente para mantenernos.

—¿Qué te dije cuando recién llegaste, Tamara?

—Creí que eran nomás palabras bonitas las tuyas, te estaba siguiendo la corriente. Oye, ¿cómo se te ocurre pensar que no me va a importar que seamos más pobres que una rata?

—No me voy a dejar someter a esa clase de humillación. Si te acepta en su cantina lo mato.

—Ésa es cosa de ustedes, a mí ya me dijo que me iba a dar diez mil semanales más comisiones, y eso es todo lo que me importa. Con tu permiso…

—¡Tamara!

—No te atrevas a ponerme un dedo encima.

—Ahora entiendo al pobre de Jaime…

Me propinó una cachetada. La dejé marcharse.

Sí, que se vaya, pensé.

Está por demás aclarar que la situación en El Tecolote comenzaba a sacarme de mis casillas. Primero la traición de Felipe Román, la misma persona que me convenció de la necesidad de limpiar al Tecolote de todas sus alimañas; luego la complicidad que todo el pueblo sostenía con los hermanos Guerra, a mis espaldas, y ahora esto: mi mujer corrompida por el hombre que me ofreció el puesto de comisario. Todos se habían puesto en mi contra. Definitivamente este pueblo no se merecía ser salvado. Ni siquiera lo deseaba.

No podía claudicar. Todavía existían personas que valían la pena en El Tecolote. Como la angelical María Cristina y su tía, la señora Amparo, verdaderos ejemplos de virtud y bondad las dos.

Creo que todo el problema radica en que la gente es incapaz de ser consecuente con sus ideas. Porque son perezosos y cobardes todos. Bueno, al menos la gran mayoría. Por eso dicen una cosa y hacen la otra.

Sí, me estaba apasionando con el tema. Es por ello que concluí que lo mejor sería controlarme. Pensar de manera fría y analizar mejor la situación. Decidí ir hasta Los Pinitos a hacerle una visita al alcalde, para charlar con él acerca de los últimos eventos ocurridos en El Alacrán. En especial quería hablarle de las mujeres que estaban trabajando en la cantina de Ruperto Zúñiga, y de la propuesta indecorosa que éste le hizo a Tamara. No pensaba confiarle que la muy zorra había aceptado. Por la manera en que se le quedaba viendo la noche en que se la presenté sería capaz de suspender la reunión ahí mismo para ir corriendo hasta El Tecolote, con la esperanza de ser su primer cliente.

Conozco a los de su clase.

Dormí hasta bien tarde, y todo por estar bebiendo y pensando este tipo de cosas. Eso no es bueno. Pensar demasiado, quiero decir. Me dio por escribir dos que tres poemas que trataban acerca de lo mal que estaba la humanidad y de lo bien que estaba yo. Los tiré al bote de la basura. Me di cuenta de que me estaba convirtiendo en eso mismo que tanto despreciaba. Culpando a otros de mis desgracias. Ése no era yo. No, Rodrigo Barajas siempre ha sido un hombre de acción. Optimista, práctico y eficiente. Yo no era un zángano que se pasaba las noches ocupado en beber y en estarse lamiendo las heridas.

Estaba dicho. Una vieja no me iba a hacer claudicar. Ni siquiera una vieja como Tamara García.

Mucho menos ella.

* * *

A pesar de la desvelada, me levanté temprano y marqué al celular del alcalde Galarza. Me dijo que iba a estar ahí, en su oficina, esperándome, a la hora en que le propuse vernos. Salí del hotel como a las nueve, bien afeitado y bañado.

—Averigüé eso que me pediste —me informó el Apache, tan pronto llegué a la comisaría.

—¿Y?

—Reynaldo tiene permiso para trabajar. Lo que es peor: tiene un montón de pedidos atrasados.

—¿Quién encargó todos esos pedidos?

—El Turco. Quiere que nos mantengamos al margen. Me preguntó también si ya tengo todo bajo control para las elecciones de pasado mañana.

—Apache, creo que es hora de que dejemos las cosas en claro: ¿estás conmigo o con Gabriel? Tú sabes que no hay cosa que valore más que la lealtad y, no importa lo que respondas, siempre serás mi amigo, pero también sabes que no voy a dejar que nadie amedrente a los votantes del Tecolote el día de las elecciones.

—Estoy contigo —respondió sin pensarlo.

—Piénsalo bien.

—No necesito hacerlo.

—Al Turco no le va a gustar nada esto…

—Lo sé.

—De todos modos, piénsalo un poco más. Al rato regreso.

—¿Qué vas a hacer?

—Iré a hablar con el alcalde.

—¿Quieres que te acompañe?

—Tú libera al Químico. Regreso por la tarde.

—¿Te vas a ir así?

—¿Así cómo?

—Con un revólver enfundado en tu pistolera.

—¿Qué tiene? —pregunté.

Subí a mi camioneta. La eché a andar. Volteé hacia ambos lados de la calle. Pude notar lo mucho que había cambiado El Tecolote desde mi arribo. Y para bien. Lo bonito que se había puesto, con sus jardineras en cada esquina, sus arbolitos, sus bancas nuevas y su cancha de basquetbol. La carretera también era nueva.

Todo esto es gracias a mí, pensé, *y sin embargo para donde volteo lo único que veo son placas de agradecimiento dedicadas a la familia Guerra.*

… No es justo.

Mientras ascendía por la pequeña sierra que separa a Los Pinitos del Tecolote algunas nubes cargadas de lluvia comenzaron a aparecer. Un agradable olor a tierra mojada invadió mis pulmones. Los Pinitos, a pesar de encontrarse clavado en el punto más recóndito de la sierra, siempre se las ha arreglado para sobrevivir con cierta dignidad, en parte gracias al dinero inyectado por el Turco.

Estacioné mi pick up frente al depósito de cerveza que se encuentra al lado del ayuntamiento, donde la suculenta secretaria del alcalde me hizo pasar a su oficina.

—¿Café?

—Sin azúcar —dije.

Una secretaria como ésa no puede salir nada barata, me quedé pensando, quizá hipnotizado ante semejantes piernas.

—Tome asiento, ahora lo atiende el licenciado —me dijo la muchacha, en lo que daba media vuelta y se topaba con su jefe, quien le propinó su respectiva nalgada.

—¿Qué te trae por acá, Rodrigo?

El alcalde me caía bien, quiero decir, era un tipo fino, siempre muy oloroso y bien vestido, el cual, sin importar lo reprochable de sus actos, por alguna razón imponía respeto.

—Están pasando muchas cosas en El Tecolote que no soy capaz de tolerar, alcalde —fui al grano, como siempre.

—¿Qué clase de cosas?

—Primero que nada está el asunto de la cantina.

—¿Qué hay con ello?

—Pues que se ha llenado de mujerzuelas. Ruperto incluso mandó a construir un cuarto atrás de la barra donde lleva a cabo su comercio sexual.

—Rodrigo, esto era cuestión de tiempo. Todas estas personas que trabajan en los ranchos del Tecolote necesitan de un lugar donde divertirse.

—También hay gente de los Guerra ahí adentro.

—Ellos también tienen trabajadores que necesitan divertirse.

—Cocineros de drogas sintéticas que le fríen el cerebro a los jovencitos.

—Rodrigo, escucha muy bien lo que te voy a decir: El Tecolote te necesita —me dijo, tomándome por sorpresa.

—¿Cómo?

—Tú has visto cómo ha ido creciendo últimamente. A pasos agigantados, ¿cierto?

—Bueno, sí.

—Y todo gracias a ti.

Eso me gustó.

—Bueno, no todo, pero sí admito que mucho de lo que…

Me interrumpió:

—Tú puedes ser el *líder* que El Tecolote necesita para convertirse en un municipio autónomo de una vez por todas. Para que ya no tenga que depender de Los Pinitos. Pero primero necesito saber si estás dispuesto a asumir ese *liderazgo*.

—Yo lo que digo es que…

—Porque un *verdadero líder* no puede estarse manejando bajo parámetros tan anacrónicos como bueno y malo, correcto e incorrecto. ¡No! Un *verdadero líder* tiene que ver más allá y elegir siempre aquello que beneficie más a su gente, a corto, mediano y largo plazo. Ahora te pregunto, ¿eres tú esa clase de líder?

—Pues yo creo que…

—Yo lo que veo es que eres un muchacho con ángel, estás joven, ¿cuántos años tienes? ¿Treinta y tres?

—Treinta y dos.

—Ya ves. *Estás nuevo.* Le caes bien a la gente. La gente te sigue. Te digo, sólo hace falta que abras tu mente y pienses más a futuro…

—Si lo que me está pidiendo, alcalde, es que me haga de la vista gorda respecto a la gran cantidad de irregularidades que están ocurriendo en El Tecolote, desde ahora le advierto que no estoy dispuesto a hacerlo.

—Yo no te he pedido que incurras en un acto ilícito. Sólo que no te tomes las cosas tan a pecho…

—Seguiré obrando de la misma manera en que lo he estado haciendo desde mi primer día de comisario en el pueblo.

Fue entonces que el alcalde se puso muy serio. Como preparándose para hacerme una gran revelación.

—Muchacho, he hablado con el Turco. Sé que trabajas para él —habló.

—Trabajo para los habitantes del Tecolote —le dejé claro.

—Gabriel sólo quiere estar seguro de que no haya ningún voto a favor de don Gilberto en todo el municipio, ¿acaso eso es mucho pedir? —fue al grano.

—Lo es debido a que no es legal.

—Tienes mucho que aprender…

—No, usted tiene muchas cosas qué recordar: ¿acaso sus padres le pagaron sus estudios para que se terminase convirtiendo en un político corrupto que se vende al mejor postor?

Sí, lo sé, seguramente pensarán que mi comentario era un tanto simplista, pero les aseguro que surtió efecto, porque ya de ahí lo dejé pensando y sin decirme nada.

—No le quito más su tiempo —agregué, encaminándome a la puerta.

Al salir de la oficina del ayuntamiento intenté calmar mi mal humor. El aire fresco proveniente de la Sierra Madre Occidental me ayudó bastante a conseguirlo. Decidí fumarme un cigarro ahí mismo, antes de subirme a la camioneta, y, ya con mi ánimo mucho más calmado, creí prudente darle una visitada a la madre del Turco, por cortesía, y también para ver si se le ofrecía algo a la señora. Sabía más o menos dónde vivía, gracias a las indicaciones que me dio el Turco cuando supuestamente le iba a llevar su camioneta como regalo de Navidad en diciembre del año pasado. Además de que Los Pinitos no es un pueblo mucho más grande que El Tecolote.

El caso es que no me costó mucho trabajo dar con la pequeña y modesta casita de un solo piso propiedad de la madre del tercer hombre más acaudalado en toda la ciudad de Tijuana.

Este Turco sí que sabe guardar las apariencias, fue lo que pensé al detectar los rifles apuntándome desde las dos casas de enfrente, éstas mucho más grandes que la de su humilde vecina, y provistas de sendas atalayas con su respectivo vigía oculto en cada una.

Tan pronto le di la espalda a los cañones con la mira fija en mi cabeza escuché a una mujer gritándome:

—¡Ey, tú, qué se te ofrece!

Era una cuarentona de cabello castaño claro y piel muy maltrada por el sol. Una correosa tez morena le hubiera servido mejor para su estilo de vida, siempre al aire libre. La típica mujer sinaloense de cuerpo y mirada dura, voz autoritaria y manos callosas.

—Vengo de parte de Gabriel —dije.

—¡Pues yo soy su hermana y no me avisó que venías! —continuó gritándome desde el otro lado de la calle.

La desgastada vestimenta de la mujer (short pequeño de algodón color morado, sandalias de hule y blusa holgada con el logotipo de la cerveza El Venado) perpetuaba la esmerada austeridad con la que se manejaba la familia del Turco.

—¡Y tú qué haces aquí! —volvió a rugir, esta vez dándose media vuelta, a pesar de lo cual creí que todavía se refería a mí, pero no, porque en ese mismo instante logré ver a un individuo alto, delgado y de cabello cano, con unos palos de golf en la espalda, mocasines europeos, camisa polo y pantalón de casimir color beige, todo lo cual es tan común en esa parte de Sinaloa como un oso polar montando un monociclo.

—Mi amor, ¿recuerdas que me diste permiso de ir al *club* con Julio? Va a ir todo el equipo de la campaña —contestó con su voz perezosa el aludido, mientras colocaba sus palos de golf dentro de la cajuela de un Audi plateado con una enorme calcomanía en favor del candidato Julio Torronte-gui, y la leyenda: "El futuro es hoy".

—¿A qué horas regresas?

—Como a las cuatro... cuando mucho.

—¿Cómo no te da por hacer algo más normal?

—¿Como qué? —la desafió el golfista.

—Como trabajar, por ejemplo.

—Ya vas a empezar...

—¡Y usted no me ha dicho lo que anda haciendo por aquí!

—se acordó de mí la mujer.

—¡Mi vida! ¿No lo conoces? —preguntó el golfista.

—No —respondió secamente su esposa, aún con el ceño fruncido.

—¡Es el comisario del Tecolote!

—Ya decía yo que se me hacía conocido... Salió en la tele, ¿verdad?...

—Así es —le contesté.

—Venga para acá —dijo, antes de cruzar la calle y tomar-me del brazo con la misma delicadeza con la que un leñador coge su hacha—. ¿Dice que trabaja para mi hermano? —me preguntó, dando un tirón a mi cuerpo que casi disloca mi hombro.

—Trabajaba. Ahora lo hago para el pueblo del Tecolote.

—Sí, cómo no... —rezongó la mujer, con incredulidad, todavía con el ceño fruncido a lo Pedro Armendáriz—. ¡Mamá! —gritó en seguida.

La extrema rudeza desapareció momentáneamente de su voz.

—Ni una palabra a mi madre de los negocios de mi her-mano, ¿eh? —me advirtió la mujer de mirada dura, macha-cando cada palabra y regresando a su pose anterior.

Una viejilla de rostro angelical y cabello ondulado salió de la casita humilde con forma de caja de zapato y tapizada con propaganda en favor del candidato Julio Torrontegui.

—¡Mira quién te vino a visitar, mamá! —la dulzura retornó a la voz de la mujer con las poderosas tenazas.

—¿Quién es, hija? —preguntó la ancianita, escudriñando mi rostro.

—¿Cómo que quién es? ¡El comisario del Tecolote!

—Rodrigo Barajas —me presenté formalmente.

La madre del Turco llevó ambas manos a su pecho, fingiendo un ligero ataque al corazón.

—¡Muchacho! —aulló de pronto—. Vimos el reportaje ese. ¡Qué bonito le quedó El Tecolote! Con sus jardineritas, y sus calles bien monas y sus farolitos y su kiosco recién pintadito… No, no, no, qué bárbaro, todo muy bonito… Quise irlo a felicitar personalmente, pero me imaginé que se encontraba muy ocupado… Y, a todo esto, ¿qué lo trae por aquí?

—Es amigo de Gabriel, mamá.

—¿De Gabriel? ¿Dónde lo conoció?

—Vendíamos carros juntos en Tijuana —improvisé.

Para ese entonces el golfista se había dado a la fuga con todo y sus palos metidos en la cajuela de su Audi. Los francotiradores me habían dejado de apuntar.

—¿No quieres un cafecito? Tengo pan dulce…

Acepté. Pasamos a la sala repleta de retratos del narcotraficante Gabriel Acosta besando y abrazando a su madre. Tomé asiento en uno de los bonitos muebles de Concordia, frente a una pantalla de plasma de 51 pulgadas.

Esperé mi café.

—Ay, mi hijo, tiene amigos por todas partes, y todos lo quieren mucho, porque seguido me traen cosas de regalo, y yo les digo que lo que más quisiera es que me lo trajeran a él, porque nunca me viene a visitar, que porque se encuentra muy ocupado vendiendo carros, pero lo bueno que le está yendo bien, ¿no? Con lo difícil que está la vida hoy en día…

—De hecho yo también quiero saber si no se les ofrece algo de la ciudad, o del Tecolote… —dije, y di una mordida a mi concha.

—Muchas gracias. A ver cuándo vamos para allá a visitarte.

Coloqué mi taza sobre la mesa de centro y me puse muy serio.

—Señora, me apena admitirlo, pero El Tecolote ha regresado a los viejos tiempos.

—¿A qué te refieres?

—Hay vagos por doquier y negocios ilícitos en cada esquina. No es seguro que vayan para allá en estos momentos.

—Vas a ver, voy a hablar con el alcalde Galarza, para que te eche una mano con esa gentuza. Él siempre me hace mucho caso.

—No, no se preocupe. Me encargaré de ello, y, cuando lo haga, tenga por seguro que yo mismo vendré por usted para llevármela a comer su coctel de mariscos en el negocio del Cuate.

Como pueden ver, sabía muy bien lo que estaba haciendo. La madre del Turco sería mi as bajo la manga cuando las cosas se pusieran realmente difíciles en El Tecolote.

—Señora, me tengo que ir.

—¿Ya tan pronto?

—Tan sólo somos mi ayudante y yo para garantizar la paz y el orden en El Tecolote.

—Entiendo.

—A ver cuándo nos vuelve a visitar —dijo la hermana del Turco.

Sabía que algo tramaba, aunque no supiera exactamente lo que era en esos momentos.

—Sí —dije.

—Que Dios te bendiga.

—Muchas gracias —y la besé tiernamente en la mejilla.

* * *

Las nubes cargadas de lluvia llegaron al Tecolote por la tarde. Faltaban apenas minutos para convertirme en el hazmerreír del pueblo: la cantina de Ruperto Zúñiga aún no abría sus puertas.

Decidí ir a mi habitación por una chamarra y a mi regreso a la comisaría resulta que a mi ayudante se le antoja acabarse el pastel que quedaba con un café que accedí a prepararle. Nos servimos cada uno un pedazo.

—Y, cuéntame, ¿qué fue de Pilar? —le pregunté finalmente, luego de semanas de no querer tocar el tema por temor a ofenderlo.

—Anuncia los *rounds*.

—¿En serio?

—Ha estado en dos peleas de Juan Tres Dieciséis. La ponen a su lado siempre que gana. No sabe dejar de voltear a la cámara.

—Está muy bonita.

—Por qué crees que me dejó.

—No lo sé.

—Para irse con el gerente de la cervecería.

—No lo mataste, ¿verdad?

—Cómo crees… No le deseo ningún mal. Se merece todo lo que tiene. Además, yo no sé qué me vio. Siempre dije que estaba muy feo para ella.

—Pues hacían muy bonita pareja.

—Sí, la edecán hermosa y el asesino narizón y cacarizo.

—Ya no eres un asesino, ahora eres un hombre de bien.

—No te engañes a ti mismo. Me sigue pagando el Turco. Y a propósito: hablé con él hoy.

—¿Qué te dijo?

—Que *le bajaras de huevos*.

—¿Qué querría decir con eso?

—Reynaldo está con él en Tijuana.

—Con que ahora son socios…

—Ha dejado a Fernando a cargo en lo que él está allá.

Permanecí un momento callado. Más bien pensativo. Cuando en eso detecté algo raro en el oscuro cuello del

Apache. Una marca de amor. Eso o el Apache había sido atacado por el chupacabras en su camino a la comisaría.

—Apache, ¿qué es eso que tienes ahí?

—¿Dónde? —preguntó preocupado.

—En tu cuello.

El Apache colocó una mano sobre su chupete.

—Ah, ¿esto?

—Con que te has conseguido una novia.

—¡No! —gritó.

—¿Qué te pasa?

—No te había querido decir, pero es que ayer fui un ratito al negocio de don Ruperto. Discúlpame...

—No tienes por qué disculparte, Apache.

—Extraño mucho a Pilar...

—Me imagino.

—¿Sabes qué hice luego de que me dejó para irse con el gerente de la cervecería?

—Caíste en las garras de la drogadicción —hablé con propiedad.

—Le pegué duro al foco...

—¿Pero ya estás limpio?

—Claro.

—Mujeres...

—Y tú, ¿qué tal te estás tomando lo de Tamara?

—A veces pienso que todo esto es mi culpa.

—¿Por qué lo dices?

—Tamara es muy inquieta. No es una muchacha que se pueda tener encerrada. Ella misma me lo hizo ver hace ya varios años, cuando me abandonó por primera vez.

—¿Eso por qué fue?

—Asaltábamos tiendas, luego acepté el puesto que me ofreció el Turco y Tamara dejó de trabajar. Supongo que se enfadó de estar en la casa sola. Ella nunca quiso que aceptara la invitación del Turco.

—Hiciste bien en aceptar.

—¿A qué te refieres?

—Tenía orden de matarte.

—¿Pero por qué?

—Estabas calentando mucho el terreno.

—Entiendo.

—¿Y ahora qué vas a hacer?

—¿Con respecto a qué?

—Con respecto a Tamara. Hoy es su debut…

—Trataré de mantener la calma —dije, poniéndome de pie.

—¿Adónde vas?

—A dar mi rondín.

—No vayas a cometer una idiotez.

—Por supuesto que no —dije, mientras me colocaba mi sombrero, justo antes de salir a la calle.

Y digamos que lo intenté, mantener la calma quiero decir, sin embargó ver a Tamara entrando a la cantina de Ruperto me hizo perder la paciencia, por lo cual me dirigí hasta allá, hice a un lado al guardia de seguridad, atenacé a la muchacha, la insulté de fea forma, infringiendo mi propio código, y en eso salió Ruperto, a quien le propiné un puñetazo en la cara que lo mandó de nalgas al suelo, antes de amenazarlo de muerte frente a una docena de testigos esperando el debut de Tamara.

—Cálmate, Rodrigo —le escuché decir a Felipe Román, parado atrás de mí.

Supe que se encontraba trabajando de cantinero para Ruperto Zúñiga. Llevaba puesto su mandil color blanco y el cabello muy envaselinado hacia atrás.

—Tú no te metas.

—Me las vas a pagar —dijo Tamara.

—Son escoria todos ustedes —les informé, antes de dar media vuelta y cruzar la calle.

Frente a mí se encontraba Fernando, el hermano menor de Reynaldo Guerra, parado en la acera, muy de brazos cruzados, como burlándose, como si le causara mucha gracia mi situación, por lo que procedí a conectarlo con un gancho al cuerpo que lo puso de rodillas, cuando en eso escucho a Tamara gritando mi nombre y luego de eso una fuerte detonación. Me arrojé al suelo, di una maroma, desenfundé mi revólver y, cuál va siendo mi sorpresa: Ruperto Zúñiga había desviado la trayectoria del disparo dirigido hacia mí, accionado por su propio hijo.

—¿Qué crees que haces, pendejo? —le gritó, antes de propinarle una gaznatada.

—Por eso no nos respetan, apá —chilló Adalberto, llevándose una mano al rostro—. Porque todos nos mangonean.

—¡No le vuelvas a pegar! —bramó la señora Ramona Zúñiga, quien salió de no sé dónde y ahora se le iba a su marido encima con las uñas al frente.

Mi condición de comisario me obligó a meterme al mero corazón del zafarrancho, donde despojé por segunda ocasión al muchacho de su pistola y me lo llevé esposado rumbo a la comisaría, mientras Ramona seguía arañando el rostro de su marido, haciéndole pagar caro la osadía de haberle pegado a su querubín.

—¡Mamá! —chilló el muchacho.

—¿Adónde crees que vas con Adalberto? —me alcanzó a gritar Ramona, cuando se percató de que me llevaba arrestado a su angelito.

—A la comisaría.

—¿Por qué?

—Por intento de homicidio.

La calle se encontraba llena de gente morbosa por todos lados.

—¡No se me acerquen! —les grité a todos, apuntándoles.

* * *

Gracias al zafarrancho suscitado afuera de su nuevo empleo, Tamara no fichó con nadie y regresó igual de pobre que antes a la habitación de su hotel. Llegué con Adalberto a la comisaría.

—Enciérralo —le ordené al Apache.

—¿Por?

—Intento de asesinato.

—¿Contra quien?

—Contra mí.

Esto no le va a gustar al Turco.

—No es mi problema.

—¿Adónde vas?

—No dejes entrar a nadie.

—Sí.

—A nadie, ¿entendido?

—Sí.

—Ahora vuelvo.

Concluí que no podía permanecer ni un minuto más en ese pueblo de traidores. No me merecían, por lo que cogí mi rifle y mi silla de montar, subí a mi caballo, me dirigí al negocio del Cuate, donde adquirí un pomo de sotol y me perdí a todo galope en la noche.

A pensar e intentar poner las cosas en claro.

* * *

Me encontraba sentado muy cerca del arroyo resucitado. Bebiendo. Con mi espalda recargada contra un enorme mezquite y una rama de carrizo en mi boca, mientras lanzaba guijarros al agua, como un niño emberrinchado, cuando escuché los cascos del caballo sobre la tierra suelta. Volteé hacia atrás. Un jinete de figura rechoncha apareció sobre el claro recientemente alumbrado por la luna llena. El jinete resultó ser Ruperto Zúñiga, a quien se le veía muy asustado.

—Quédese donde está —le ordené, sin voltear a verlo.

—Vengo en son de paz.

—Necesito estar solo.

—Deseo pedirle perdón.

—Ya lo hizo.

—No se merece a una mujer como ésa.

—Usted qué sabe…

—Estoy casado con una igual. La diferencia es que yo sí tengo lo que me merezco.

—Usted le ofreció ese trabajo para burlarse de mí.

—Fue Tamara quien me lo propuso. Creí que ya lo sabía.

—¿Qué es lo que quiere?

—Libere a Adalberto, por favor.

Lo pensé por un momento. Este individuo recién me había salvado la vida al desviar el tiro disparado por su hijo. Se merecía al menos mi consideración.

—Usted salvó mi vida —le reconocí.

—No fue nada.

Lo pensé todavía un poco más, escuchando el sonido de las ranas y los tecolotes.

Empiné el pomo, le di un hondo trago.

Medité.

—Saque a Tamara de su antro —le ordené.

Realmente no soy tan virtuoso como presumo. Además, debía sacar algún tipo de ventaja de esto.

—Lo haré.

—Tan pronto vea a Tamara abandonando El Tecolote, en el primer camión que pase por el pueblo, libero a Adalberto.

—Trato hecho.

—Ahora déjeme solo.

—Tengo otra cosa que informarle.

—¿Sí?

—Dígale al Turco que Reynaldo planea traicionarlo.

—¿Cómo lo sabe?

—Lo siento, pero no le puedo contar cómo me enteré de ello. Además, ya me tengo que ir. Nadie sabe que estoy con usted.

Y Ruperto Zúñiga montó su caballo, dejándome solo. Lo miré desaparecer en la oscuridad contigua y luego volverse visible en el claro iluminado por la luna.

He manejado bien la situación, concluí.

He equilibrado la balanza, pensé.

Satisfecho.

Cuando en eso escuché el disparo. Volteé para donde estaba Ruperto y miré aquel ruano galopando sin jinete.

Mis problemas no habían acabado. No aún. Más bien acababan de comenzar.

* * *

Me deslicé entre las sombras, bordeando el claro. Sabía de dónde había provenido el disparo: de un rifle de largo alcance como el que cargaba en mis manos, instalado sobre uno de los dos pequeños cerros con forma de camello ubicados frente a mí. Aún no se movía nadie. De pronto se alzó una sombra sobre el par de montículos gemelos. Accioné mi remington. Una, dos, tres veces. Sin pegarle a nada más que al polvo. Comencé a correr en esa dirección, atravesando la parcela de Oswaldo Guerra. Algo se movió junto a mí. Volteé a mi derecha. Era Ruperto, quien a pesar del enorme agujero en su pecho hacía un enorme esfuerzo por levantarse. Estaba en terreno descubierto, sin embargo era mi deber asistir al hombre herido, por lo que me incliné hacia él, intentando disuadirlo de los esfuerzos que hacía por erguirse.

—No se levante —le aconsejé.

En eso Ruperto alzó su brazo derecho y me apuntó con un dedo color plateado que resultó ser el cañón de su Ruger, el cual accionó sin previo aviso. Por un momento creí sentir el repugnante dolor de mis tripas liberando su porquería en mi interior, pero no, giré mi cintura justo a tiempo y lo que recibí en lugar del boquete previsto fue un rozón que cruzó por encima de mi vientre, en diagonal, desgarrando mi camisa favorita.

—Yo no fui —le intenté explicar.

—Traidor —fue lo último que escuché de labios de Ruperto Zúñiga, quien cayó de nuevo sobre el arado.

Caminaste, pensé, mientras le cerraba los ojos.

Volteé para todos lados. No había nadie a la vista. Lo cierto es que estaba muy oscuro, a pesar del cielo despejado. La joroba de camello bloqueaba el rumbo por el que se había perdido el asesino. Resolví ir por mi pinto. Intenté correr hacia él. El dolor de mi herida me lo impidió. Regresé sobre mis pasos y monté el ruano de Ruperto, sabiendo de antemano que estaba cometiendo un grave error. El profuso derramamiento de sangre dejado por el rozón de la .357 me hizo pesado el regreso al pueblo. El trote del ruano agravaba la herida, pero aun así debía llegar lo antes posible para informar al Apache de lo sucedido cerca de la parcela de Oswaldo Guerra. No lo logré. Resultó que había minimizado el daño hecho por Ruperto. Perdí mucha sangre en el trayecto. Tenía mi camisa empapada en sudor. Mi frente también. La cabeza me daba vueltas. Me sentía mareado.

Caí desmayado a medio camino.

Cuando desperté me encontraba dentro de la choza de don Oswaldo, quien me encontró al ir camino a su sembradío, antes del amanecer. El viejo se apiadó de mi alma, me subió a su burro y me llevó a su choza, donde suturó mi enorme rajada, me vendó y me nutrió con estofado de tejón que me suministró él mismo, como se hace a un recién nacido.

—¿Dónde estoy? —pregunté, al anochecer del día siguiente.

—Hizo bien en matar a ese infeliz —me dijo el hermano mayor de los Guerra, con su voz cavernosa.

—Yo no fui…

—Lo anda buscando la judicial.

—¿Qué?

—Les dije que no lo había visto —me dijo, mientras metía otra cucharada de estofado en mi boca.

—No sé cómo pagarle.

—Hágalo librando al Tecolote de sus alimañas.

—Algunas de esas alimañas son hermanos suyos.

—Ésos no son hermanos de nadie. Mataron a mi Chabelo.

—Ésa fue la banda de Ruperto.

—Da lo mismo. Un día son amigos y al otro enemigos. Quien la paga siempre es la carne de cañón que los protege. Mis hermanos usaron a su propio sobrino para eso.

—¿Por qué no hizo nada al respecto?

—Por cobarde. Pero eso se acabó…

—¿A qué se refiere?

—Los ejidatarios nos estamos organizando de nuevo. Queremos apoyarlo.

—Yo puedo solo. Ustedes manténganse al margen.

—Es nuestro pueblo.

—Debo regresar…

—No —me dijo, colocando su mano callosa sobre mi brazo.

—Sé quién mató a Ruperto.

—¿Quién?

—Su hermano Fernando.

—Eso qué importa.

—Por si no lo sabe, sigo siendo el comisario del Tecolote, es mi deber remitirlo a las autoridades correspondientes.

—¿Tiene más pruebas contra él de las que tienen contra usted?

—¿A qué se refiere?

—Bueno, usted sabe, digo, a mí no me gusta el chisme, pero se anda hablando mucho de que Ruperto le ofreció trabajo a su esposa en el Río Verde y ella aceptó.

—Ya, ya. No siga. Ha hecho que se me vuelva a abrir la herida —lo interrumpí.

Eso fue lo que sentí cuando lo oí hablándome de Tamara. Como si mis vísceras pugnaran por salírseme, o como si me estallaran por dentro.

Me entró la desesperación. Decidí que no podía permanecer más tiempo acostado en aquella choza. Con todo lo que estaba sucediendo en El Tecolote durante mi ausencia. Pegué un brinco y me puse de pie. El universo se comenzó a mecer frente a mis ojos, por lo que me apoyé en la cabecera.

—¿Adónde va? —me preguntó el viejo con la boca abierta y la cuchara aún en su mano.

—A librar al Tecolote de sus alimañas.

—A Ruperto lo liquidaron con un rifle igualito que el suyo.

—¿Y eso qué?

—Los judiciales me dijeron que nadie más que usted pudo haber efectuado ese tiro. Se calcula que le dispararon como a cincuenta metros de distancia y de noche.

—Fue una trampa.

—¿Orquestada por quién?

—Por Ramona Zúñiga —le informé.

—Por ahí se dice que Adalberto realmente no era hijo de Ruperto, sino de mi hermano Fernando, porque tuvieron algo que ver en el pasado —le dio vuelo al chisme don Oswaldo Guerra.

¿A quién quería engañar? Por más que se hiciera de la boca chiquita, a ese viejillo le encantaba el chisme. Estaba agradecido con él de todos modos. Fue algo muy bueno lo que hizo por mí.

Pero que no me venga con que no le gusta el chisme porque eso no es cierto.

A otro perro con ese hueso.

* * *

Llegué como a las ocho de la noche al Tecolote, y qué es lo que encuentro: todo el pueblo celebraba mi ausencia. Aquello era una verdadera fiesta. Hombres tomando en la calle. Frente a las señoras y los niños. Armados. Disparando al aire. Como si estuviésemos en la época de la Revolución o algo por el estilo. Camionetonas con sus puertas abiertas reproduciendo sus corridos mafiosos a todo volumen. En efecto, había patrullas de la judicial apostadas aquí y allá, con sus oficiales panzones en estado de alerta, según ellos. Todos buscándome a mí.

Hacía un buen de tiempo que no me pegaba un baño como Dios manda, tenía barba de tres días y la cara grasosa, pero aun así tal cosa no me era suficiente para pasar desapercibido entre el montón de vagos que pululaban en las calles del pueblo, por lo que arrugué y desabotoné mi camisa, me desfajé, inflé mi vientre, tiré mi sombrero, oculté mi pistola, cogí un bote de Venado Light tirado en el suelo y comencé a caminar encorvado y arrastrando los pies, con mi peor sonrisa de barbaján, todo esto como parte de mi esfuerzo por imitar a un buchón.

Lo logré. Pasar desapercibido quiero decir. Llegué hasta la comisaría. Un buchón de ceja sacada y con la cabeza rasurada se encontraba orinando en la entrada. Borracho. Le dije "con permiso". Se hizo a un lado, regando su chorro por todo el piso de la entrada, en zigzag. Logré echar uno ojo al interior. Rápido. No podía pasar por alto a los dos judiciales justo detrás de mí vigilando mi oficina. No había nadie dentro. Ni Adalberto Zúñiga ni el Apache. Lo que sí había era rastros de violencia. Mi escritorio y mi silla volteados. Mi cajón saqueado. Sentía la mirada de los judiciales sobre mí. Me puse a orinar ahí mismo. Tambaleándome. Más que nada para disipar sospechas. Continué mi camino rumbo a la cantina de Ruperto. Un enorme listón negro decoraba la fachada color rosa. Buchones entraban y salían haciendo su escándalo y chicas desnudas se asomaban a la calle de vez en cuando, muy quitadas de la pena.

Aquello era una maldita plaga. Como si los buchones de todo Sinaloa se hubieran congregado para su convención anual en El Tecolote. Caminé un poco más en dirección sur, en un afán por calcular la magnitud de los daños ocasionados durante mi ausencia. Frente al hotel de don Caralampio un grupo de alumnos del profesor Cisneros lo agarraban a nalgadas mientras éste nomás se reía de nervios, sin ningún tipo de respeto para su maestro.

Ingresé al hotel. Me dirigía a mi habitación cuando me encontré al Apache en el *lobby*. Iba de salida. Hizo como que no me vio. Intentó pasar de largo.

—¿Para dónde crees que vas? —le pregunté, tomándolo del brazo.

—Te fallé —me dijo, con la mirada puesta en el suelo.

—¿Qué te pasó?

—Dejé que se llevaran a Adalberto.

—¿Pero por qué?

—No lo sé.

—Apache, voltéame a ver.

Lo hizo. El Apache tenía los ojos rojos. Lucía más demacrado que nunca. Como si no hubiera dormido en toda una semana.

—Te has estado drogando —le dije.

—Nunca lo dejé, Rodrigo.

—¿Por qué no me lo dijiste antes?

—Creía que lo podría controlar… Hasta que me dejaste solo con Adalberto.

Le dejé ir un puñetazo en la boca del estomago. "¡Uf!", dijo el Apache, llamando la atención de Caralampio y del *bellboy*, quienes me miraban espantados. El Apache permanecía encorvado, con ambas manos sobre su vientre. Era momento de correr. ¿Pero adónde? Ya no tenía caso permanecer en ese pueblo de cobardes e ingratos por más tiempo. Sólo me quedaba una cosa por hacer. Dirigirme a la casa de las únicas personas que valían la pena en todo El Tecolote: María Cristina y su tía. Para ver si estaban bien.

Y para algo más…

Sí, para qué le hacía al idiota por más tiempo. Era momento de admitirlo: sentía algo más que un cariño paternal por aquella muchacha.

Y ella seguramente siente lo mismo por mí, pensé.

Se le ve en la mirada… Por cómo me ve cuando me ve…

Y cómo no, si cada día se ven menos hombres como yo: honrados, responsables, respetuosos…

Y ella es una buena muchacha…

Limpia, educada, noble…

Educará muy bien a mis niños…

Además, no le llevo muchos años…

Aún me veo joven…

Sólo es cuestión de quitarme el bigote…

Y quizá vestirme más a la moda…

Me pregunto cómo me vería con la ceja sacada.

¡Ni madres!

No es para tanto.

Pero el bigote sí me lo quito.

Por ella.

Pero primero le voy a preguntar, ¿qué tal si no le molesta?

Pues me lo dejo.

Y tampoco me voy a quitar las botas.

No me gustan las suelas de goma.

Pero me estoy desviando mucho del tema. El caso es que todo eso era lo que pensaba mientras me dirigía a casa de doña Amparo Osuna. Definitivamente no podía correr, llamaría demasiado la atención, por lo que seguí con mi caminado de buchón, encorvado y arrastrando los pies. Al dar vuelta en la esquina, un par de cuadras antes de llegar a mi destino, divisé una Cheyenne color negro, estacionada frente a la tiendita de Cristina Osuna.

Algo se está cocinando ahí dentro, pensé.

Me deslicé sigilosamente entre las sombras hasta colocarme junto a la ventanilla del piloto, desde donde pude escuchar la voz de María Cristina platicando muy quitada de la pena con Adalberto Zúñiga (¡!)

—Ay, ojalá y lo atrapen pronto... Está bien loco *ese señor* —le oí decir a aquella chiquilla hipócrita.

—No te preocupes, *mi'ja*. No tarda en aparecer ese loco... Vente para acá... —le dijo el buchón.

—¿Viste cómo se paseaba por todo el pueblo con su estrella de comisario? Me daba miedo.

—¿Tú se la regalaste? ¿Que no?

—Mi tía, pero como adorno, no para que se la colgara en la camisa todo el tiempo.

—¡Y con la pistolera! —agregó Adalberto, haciéndose el chistoso.

Y se carcajearon los dos.

Esto último sí que pegó donde duele.

De modo que todo este tiempo no he sido más que el bufón de este pueblo, pensé, intentando pasar el trago amargo.

¿Cómo pude no haberlo visto antes? Cristina no era más que otra de esas muchachas interesadas que siempre se ponen del lado del ganador. Calculadoras. Frías. Poco dadas a arriesgar. Por eso me coqueteaba descaradamente en los días en que controlaba al Tecolote con puño de hierro. Simplemente estaba siguiendo al macho dominante.

Enseguida escuché algo más de labios del hijo malcriado de Ramona Zúñiga:

—Cómo quisiera tenerlo enfrente, para hacerle pagar todas las que...

Esto ya era el colmo... Quiero decir, el que un idiota como ése se estuviera expresando de mí de esa manera.

—Bueno, aquí me tienes —le dije, luego de que abrí su puerta y lo jalé hacia mí.

—¡Comisario! —gritó María Cristina, al verme someter a su novio contra la acera mientras lo esposaba.

—¡Cállate, méndiga calientahuevos! —le espeté, y perdonen mi lenguaje.

—Comisario… —exclamó por su parte doña Amparo Osuna, saliendo de su almacén, del otro lado de la calle.

—Y usted también, señorita a disgusto.

—¡Cómo se atreve! —dijo la señora, llevándose una mano a su pecho.

Completamente desilusionada de mí.

Sí, ya no me importaba nada en esos momentos.

—¿Qué haces aquí? —tuvo el descaro de preguntarme Adalberto.

—*Tú* qué haces aquí, lo último que supe es que te tenía encerrado por intento de homicidio.

—Asesinaste a mi padre…

—Sabes bien que ése no era tu padre y también sabes quién lo mató. Ahora, acompáñame a la comisaría…

Tan pronto salimos al bulevar coloqué el cañón de mi Colt contra la nuca de Adalberto, gracias a lo cual logré mantener a raya a todos los buchones que nos salieron al paso. Los amenacé con matar al único hijo de Fernando Guerra en caso de que alguien se nos acercara.

—¡Y lo digo en serio! —agregué, bien enchilado.

El escándalo de las camionetas paró de sonar.

Por fin.

Digo, llevaba más de tres horas escuchando a cantantes de narcocorridos presumir acerca de sus botellas de *sellito rojo* y de la gente que habían matado.

Uno tiene su límite.

—¡Atrás! ¡Atrás! —les ordenaba.

—¡Háganle caso! ¡Está loco! —le recordó Fernando Guerra a toda su banda, él parado muy cerca de donde yo me encontraba.

—¡Rodrigo, qué haces! —le escuché decir a Tamara, desde la cera de enfrente.

Volví a maldecir y empujé al chico rumbo a la comisaría.

Metí a Adalberto de regreso a su celda y cerré con llave. Hice un inventario rápido de la artillería disponible. Tan sólo tenía los seis tiros de mi Colt y el otro Remington que sabiamente había escondido bajo uno de los tablones del suelo. Dejé el rifle donde estaba y me senté a esperar.

—Te tienen rodeado —me informó Adalberto, desde su celda.

—No te preocupes, te volveré a usar como escudo en caso de que sea necesario —le contesté.

Mi verdadera salvación arribó a los pocos minutos, en la figura del Apache, quien tocó a la puerta como si viniera a pedirme una tacita de azúcar.

—¿Qué se te ofrece? —le pregunté, asomándome por la ventana.

—Rodrigo, necesito hablar contigo.

—¿De qué?

—Acaba de llegar el Turco al pueblo, junto con Reynaldo.

—¿Y?

—Tienen un mensaje para ti.

—Te escucho.

—No puedo.

—Déjame pasar.

Me le quedé viendo por un momento. Contaba con una nueva marca de amor en su cuello. ¿Cómo podía ser que un vicioso del cristal estuviera consiguiendo esa clase de chupetes?

Además, tomaba como cosaco. Todos los adictos a la metanfetamina que había conocido hasta ese momento le rehuían al alcohol, y aquí tenía al Apache que llegaba a mamarse dos botellas de Cazadores al día. Él solo.

Esto no tenía lógica.

A menos de que el Apache realmente no fuera un adicto a la metanfetamina…

Quizá los tortuosos síntomas de abstinencia no lo obligaron a liberar a Adalberto.

Quizá fue algo más.

Algo relacionado con esas marcas en su cuello…

Hasta que por fin di con la respuesta…

—¿Traes celular? —le pregunté, tomándolo por sorpresa.

—¿Cómo?

—Que si traes un teléfono celular contigo.

—Ah, sí.

—Puedes pasar.

Le abrí la puerta.

Me entregó el celular. Lo esposé. Le di media vuelta, lo empujé contra la pared y lo desarmé. Todo en un movimiento.

—¿Qué haces? —me preguntó.

—Eduardo Cota, quedas arrestado por el asesinato de Ruperto Zúñiga —le dije, luego de ponerlo frente a mí y apuntarle con su propia arma.

—¿Qué?

—Solamente tú pudiste haber realizado ese tiro.

—Pero, ¿por qué iba yo a?…

—Eso mismo es lo que me preguntaba cada que mis sospechas me guiaban hasta ti. Sabía que tenías la habilidad, la oportunidad y hasta el arma homicida, tan sólo te faltaba el motivo, por lo que centré todas mis sospechas en Fernando Guerra, quien tenía el motivo para hacerlo pero le faltaba la habilidad…

—¿Entonces por qué me arrestas a mí?

—Hasta que te volví a ver esas marcas en el cuello.

—¿Éstas? ¿Qué tienen?

—Llegué a tener unas iguales hace poco más de seis meses.

—Me las hicieron en el Río Verde…

—Las putas no dejan chupetes. Al menos no esa clase de putas…

—¿De qué hablas? —me preguntó el Apache, temblándole la quijada.

—Por fin se te hizo con Ramona Zúñiga…

—¡Vas a pagar muy caro el hablar mal de mi mamá! —chilló Adalberto, atrás de nosotros.

El Apache no dijo nada. Simplemente se me quedó mirando mientras perdía color. Ahora ya no estaba tan moreno como de costumbre.

—¿Qué fue lo que te prometió Ramona luego de pedirte que mataras a Ruperto?

—Pensaba explicártelo todo…

—¿Antes de que me llevaran arrestado por un crimen que no cometí? ¿Por eso plantaste el arma homicida bajo el tablón?

—No, no, te lo juro…

—Lo supe desde un inicio, las drogas no hubieran podido obligarte a hacer lo que hiciste. Sólo una mujer como Ramona lo hubiera logrado…

—¡Ruperto le pegaba!

—Por favor, esa chaparrita es más fuerte que tú y yo juntos. Ruperto era su esclavo.

—Sí, sí, pues, lo siento. Te fallé… —lo reconoció al fin el Apache.

—Apache, recuerdo haberte advertido que esa mujer era una arpía desde el día en que llegaste al Tecolote, pero no me hiciste caso.

—Yo puedo ayudarte a meter en cintura al Tecolote…

—Demasiado tarde, Apache —le dije, mientras lo encerraba en su celda.

Con el teléfono celular del Apache marqué el número de la procuraduría del estado. Me contestó una muchacha.

—Aquí el comisario del Tecolote, necesito hablar con el procurador Márquez.

—¿Quién le habla?

—El comisario Rodrigo Barajas, dígale que es un asunto de vida o muerte.

La secretaria me dejó esperando como por quince minutos. Me armé de paciencia. Por fin alguien habló.

—Aquí el procurador Márquez…

—Procurador, le habla el comisario Rodrigo Barajas, del Tecolote. En mi oficina tengo detenido a Eduardo Cota, alias *el Apache*, asesino confeso del ciudadano Ruperto Zúñiga y sicario a las órdenes del narcotraficante Gabriel Acosta, mejor conocido como el Turco. Necesito que venga por él cuanto antes. Nos tienen rodeados. Hay todo un ejército de criminales aquí en el pueblo amenazando las elecciones del día de mañana.

—…

Lo que me temía: el muy cobarde me colgó. La llamada me sirvió nomás para consumir la pila del celular, que ya tenía muy poca.

Idiota, pensé.

Debí haber hablado a la PGR o al ejército. O quizá no debí de haber mencionado el nombre del Turco, quien al parecer seguía en posesión de todo el estado. Pero eso muy pronto iba a cambiar. Tan sólo era cuestión de garantizar unas elecciones razonablemente limpias en El Tecolote, así esto significara un acto simbólico antes que cualquier otra cosa.

—Te colgaron, ¿verdad? —dijo el Apache.

—Así es.

—¿Qué piensas hacer?

—Voy a defender mi posición hasta el día de mañana.

—¿Crees que vayas a poder tú solo?

—Lo voy a intentar.

—No entiendo en qué te perjudica el que gane *el putito* de lentes. No puede ser peor que don Gilberto…

—No se trata de eso, Apache. Se trata de hacer el trabajo que a uno le pagan por hacer.

—¡Pero un pueblo de mil doscientas ochenta almas como El Tecolote no hará la diferencia!

—Apache, la gente nomás se la pasa buscando un pretexto para dejar de hacer lo que es correcto —dije, repitiendo las palabras que me enseñó mi abuelo.

Enseguida me asomé por la ventana hacia la calle iluminada por los faroles estilo gótico donados por el difunto Ruperto Zúñiga. Frente a mí se encontraba Tamara, con cara de preocupación. Mi viejo amigo Turco también estaba ahí, acompañado por Reynaldo Guerra y su gigantesco ejército de buchones.

Ramona Zúñiga caminaba de un lado a otro, jalándose su frondosa cabellera rizada, maldiciendo, y, en general, actuando como una loca.

—¡Regrésame a mi hijo, maldito asesino! —gritaba de vez en cuando.

Fernando Guerra la intentó tranquilizar colocando ambas manos sobre sus hombros, sin embargo Ramona pronto se desembarazó de él sacudiendo su cuerpo menudo y soltándole un manotazo, lo cual le arrancó una que otra carcajada a los mitoteros ahí reunidos, quienes comían churros con cajeta, tamales y elotes con queso y chile.

Entre toda esa algarabía alguien mencionó mi nombre y he ahí que era ni más ni menos el alcalde Galarza, traído de su oficina en Los Pinitos para decirme lo siguiente:

—Rodrigo Barajas, te habla el alcalde Ricardo Galarza, máxima autoridad en el municipio de Los Pinitos, al que pertenece El Tecolote.

—Alcalde, un paso más al frente y Los Pinitos se queda sin su máxima autoridad.

—Comisario, necesito hablar con usted. Por favor, déjeme acercarme a su puerta.

—Rodrigo, hazle caso al alcalde. A ver qué te tiene que decir —opinó el Apache.

—Está bien —dije.

El alcalde llegó hasta la ventana donde me encontraba.

—Hable.

—Rodrigo, los ejidatarios tienen rodeado el pueblo y están armados. Oswaldo Guerra vino a hablar conmigo esta mañana. Él los organizó. Me dijo que te lo dijera.

Me quedé mudo.

—Tenías razón —continuó—. Sólo con mano dura podremos recuperar nuestro municipio.

—No será una batalla fácil —le advertí.

—No les importa. Prefieren morir peleando a dejar El Tecolote en manos de estos bandidos.

Volví a mirar por encima del hombro del alcalde Galarza hacia el exterior. El Turco seguía parado ahí, en medio de la calle. Junto a sus pistoleros. Disfrazado de narcotraficante. Cada vez lucía más convincente en su papel. Los kilos de más eran parte de su atuendo.

Ninguno de los ahí presentes se hubiera imaginado que antes de convertirse en el Turco, Gabriel Acosta era un simple estudiante procedente de Los Pinitos, Sinaloa, cursando el último semestre de la carrera de contabilidad en la capital, mientras vivía en casa de su tío Eusebio Acosta, empleado del legendario capo de la mafia sinaloense don Gilberto Sánchez.

TERCERA PARTE

EL CORRIDO DEL TURCO

El Turco solía ser un muchacho normal. Bueno. Trabaja- dor. Responsable. Sin un quinto en la bolsa. Se enteró de la muerte de Tony Ventura, alias *el Dandy*, ocurrida a orillas del río Tamazula, de Culiacán.

A Tony lo mataron aplicándole calor en todo su cuerpo. La herramienta utilizada fue un soplete y un tanque de gas. Lo reconocieron gracias a su bisoñé tejido a mano, intacto luego de terminada la operación.

—Tío, lléveme con Gil —le pidió Gabriel al hermano de su fallecido padre.

—¿Por qué quieres que te lleve con él? —preguntó Eusebio.

—Sé que hay una vacante en su organización.

—¿Te refieres a la que dejó Tony?

—La misma.

—Supiste cómo terminó él.

—Tengo un plan, sólo lléveme con él.

—¿No tienes miedo?

—Soy bueno para las cuentas.

Al día siguiente Eusebio y Gabriel fueron a hablar con Gilberto Sánchez, quien vivía en Las Quintas con una muchacha de quince años y con la mamá de ésta, una seño- ra flaquita que caminaba con una pierna mala.

Resultó que Gil aún no estaba en busca de un sustituto para Tony. Así se los expresó.

—La verdad es que no ando buscando un sustituto para Tony.

Gil alegaba que tenía otras cosas de qué preocuparse en aquellos momentos.

—Por el momento tengo otras cosas de qué preocuparme.

—Tengo un plan para mejorar instantáneamente sus finanzas —le dijo Gabriel, mirándolo directamente a los ojos.

Sin miedo ni timidez.

—¿Cómo? —preguntó el capo, con una sonrisa burlesca dirigida a Eusebio Acosta.

—Yo respondo por él —dijo Eusebio.

—¿Me deja ver los libros? —preguntó Gabriel, muy seguro de sí mismo.

Gabriel se jugaba el todo por el todo. Gil titubeó por un momento.

—Tráele los libros al muchacho —le ordenó a uno de sus escoltas, quien desapareció al instante y volvió como a la media hora con el encargo en sus manos.

—¿Esto es todo lo que tiene? —preguntó Gabriel.

—Todo está ahí —dijo Gil.

Gabriel pronto le hizo ver que los libros de Gil daban cuenta de cuánto le estaban costando sus lavanderías (moteles de paso, lotes de carros usados, agencias de viajes y gimnasios), sin embargo omitían otros gastos igual de importantes, tales como los sobornos, las jugosas propinas dadas en restaurantes y bares, así como también el dinero para los titánicos festejos a los que su organización estaba tan acostumbrada.

—¿Cuánto quieres ganar? —le preguntó, un poco temeroso de hallarse cometiendo un grave error.

—Un cuarto de lo que le termine ahorrando en el balance del presente año fiscal.

—¿Cuánto crees que será eso? —quiso saber, aún nervioso.

—Lo suficiente… Ocuparé también a un secretario. Alguien de confianza.

—Te voy a dar a uno de mis escoltas, en lo que localizo a la secretaria de Tony.

Lo primero que Gabriel hizo luego de llevarse los libros al hotel de su nuevo patrón fue pedir que le entregaran una copia del organigrama de cada corporación policial en todo Sinaloa. Pidió también la lista de agentes a las órdenes de cada comandante de zona.

Armó su caso. Solicitó otra entrevista con Gilberto. Le avisó por teléfono que sería breve. Gil accedió. Se quedaron de ver en casa de otra de sus mujeres. Una señora de cabello pintado de rubio y caderona, madre de un narcojúnior psicópata que luego sería encarcelado por pederasta, en Jalisco.

—Pásate —le dijo a Gabriel, antes de conducirlo a su despacho, básicamente un salón tapizado de caoba, ubicado al fondo de la planta baja.

Gabriel tomó asiento frente a su escritorio.

Abrió su maletín.

—Le traigo estos papeles. Necesito que me diga quién está con nosotros.

—¿Cómo te voy a decir eso?

—Debe confiar en mí. Todo esto lo necesitamos contabilizar. Hay que reestructurar el sistema de pagos a los agentes. Si no lo hacemos nos hundiremos. He estado viendo que mes tras mes las corporaciones aumentan su base. Siguen contratando gente. Creo que es momento de racionar los pagos y aprovechar al máximo los hombres en nuestra nómina —poco a poco Gabriel lo iba convenciendo, sus palabras lo seducían y encantaban—. No podemos seguir derrochando dinero… Es el mensaje que debemos enviar en estos momentos —y machacó con fuerza su puño derecho contra su mano izquierda—. No se trata de comprar elementos a manos llenas. Se trata de elegir a los necesarios y enseguida exigir resultados… Incluso he trazado un plan para reducir costos. Debemos estar seguros de que no estamos pagando de más…

—Para eso tendremos que trabajar todos juntos —le contestó Gil, reflexivo y con la mirada puesta en el infinito.

—Así es.

En efecto, tenía al viejo en el bolsillo. Esa misma noche el jefe convocó a una junta de carácter urgente en su rancho

Las Mulas. Ahí presentó a Gabriel con cada uno de sus lugar-tenientes. Pidió su entera cooperación para con él. Repitió su discurso. Aquello de traer bien cortos a los agentes. Lo de exigir resultados. Lo de eliminar los gastos innecesarios. Lo de modernizarse según las exigencias de los nuevos tiempos.

Esto último fue de su cosecha.

Gabriel había apostado bien, Gil no tenía ni la más remo-ta idea de cuánto le estaban redituando sus pequeñas empre-sas. Con la cuarta parte de lo ahorrado al cierre del año fiscal como comisión, Gabriel amuebló su casa en la Chapultepec, pagó el enganche de su camioneta, abasteció su clóset con ropa de marca y todavía le sobró para sus chucherías.

Poco tiempo después comenzaría su romance con la anti-gua secretaria de Tony Ventura, la señorita Ingrid Pérez, quien básicamente le aconsejó que se fuera buscando un apo-do digno de la carrera que estaba por emprender.

—Si es que en verdad quieres llegar a ser algo más que un simple contador público —le advirtió.

Fue ella la que le comenzó a meter ese tipo de cosas en la cabeza. Ingrid era muy astuta. Además de guapa.

Piernas largas y torneadas que parecían nunca terminar. Vestidos cortos para combatir el abominable calor de Sina-loa. Había que reconocérselo, el viejo Tony era bueno eli-giendo a sus colaboradores.

Fue ella quien le eligió a Gabriel el apodo de *el Turco*. Fue la primera en llamarlo de esa manera. Le aconsejó también que adecuara su *look* a su nuevo y glamoroso mote. Debía borrar de la mente de sus allegados aquella imagen de uni-versitario con la que arribó a la organización de Gil. Para conseguirlo Ingrid sugirió que Gabriel se dejara el bigote, cortándolo pulcramente por encima del labio y por debajo de la nariz, dejando tan sólo una fina tira de pelos crecer hacia los lados.

—¿Pero por qué?

—Pareces un pendejo universitario así, sin bigote. Necesitas imponer respeto... Nomás no te vayas a dejar la barba. El puro bigote. Y bien cortadito.

Gabriel le hizo caso. Lucía como un sátiro pero funcionaba. Para ese entonces tenía a ocho contadores trabajando a su cargo.

Ingrid le había dado muy buenos consejos. Así se lo hizo saber Gabriel segundos antes de terminar su contrato. A pesar de sus lágrimas de cocodrilo.

—Debo admitir que me ayudaste mucho —le dijo, extendiéndole un cheque por cincuenta mil pesos.

—¡Pero por qué! —lloraba Ingrid.

—Lo siento, hija, es sólo que eres demasiado ambiciosa —le explicó Gabriel.

—¡Pero yo te hice! ¡Sin mí no serías nadie! ¡Yo te apoyé cuando eras un simple universitario pendejo! —le reclamó.

—Lo sé, lo sé, y te lo agradezco, es sólo que...

—¡Ni madres! ¡Te vas a morir, cabrón! ¡Qué crees que no tengo amigos, o qué! —le gritó, antes de arrebatarle el cheque de las manos y dar media vuelta.

El problema con Ingrid es que era demasiado ambiciosa. Primero te metía ideas en la cabeza, luego te animaba a que te arriesgaras y luego de eso te comenzaba a exprimir tus cuentas de ahorro hasta dejarte seco.

Gabriel Acosta debía dejar de pensar con la cabeza pequeña o terminaría como el viejo Tony Ventura. Sopleteado a orillas del río Tamazula por ratero.

No, eso no le pasaría a él. El Turco estaba determinado a llegar a la cima. A tener su propia plaza, incluso. Para él solo. Así se lo expresó a Gil, luego de despachar a Ingrid.

—Hiciste bien, está buena la muchacha, pero es una chupasangre. No te conviene. Tú necesitas una mujer que te quiera por lo que eres, no por tu dinero.

—Así es, Gil, sepa usted que no pienso dejar que mi carrera se vea truncada por una falda. Quiero crecer dentro de nuestra organización, quiero llegar a ser mucho más que un simple contador público. Va a ver que no lo voy a defraudar —dijo el Turco.

—¿No quisieras ir a Tijuana?

—¿Y eso?

—Elías se ha vuelto muy ambicioso… Necesito que vayas a ver eso… Al principio lo vas a apoyar nada más… En lo que conoces el terreno y te aclimatas… Allá ocupo alguien que sea de mi confianza, no a un traicionero como ése, ¿me entiendes?

—Más claro ni el agua.

Elías no se dignó a ir por el Turco al aeropuerto de Tijuana. Mandó a la Loba en su lugar. Un ser despreciable que nadie parecía soportar más que el mismo Elías. Ni siquiera le ayudó al Turco con las maletas. Un ser irrespetuoso.

Era verano, pero en Tijuana no hace tanto calor como en Sinaloa. Aun así este tipejo llegó en chanclas, bermuda cuadriculada y con una calavera de Mickey Mouse pintada en su camiseta. El tipo al que le apodaban la Loba era de tez rosada, bofo de cuerpo y de ojos dormilones, como si se acabara de levantar. De labios hinchados y barba descuidada color castaño.

El Turco colocó sus maletas en la cajuela del carro asiático que lo fue a recoger. Los dos hombres no hablaron en todo el camino. El Turco era sensible a la mala vibra que emanaba de su compañero. Esta persona no lo quería en *su* territorio.

—¿Y para qué te mandó aquí Gil? ¿Nos vienes a auditar? —le preguntó Elías, con remarcado tono irónico, tan pronto el Turco llegó a su casa.

—Ya no soy contador, Elías —le contestó, cortante.

—¿Qué haces ahora? —quiso saber, con preocupación.

—Soy consejero.

El color desapareció de su rostro. La sonrisa también.

—Acuérdate que estás en tu casa. Vas a estar aquí por un tiempo, en lo que te conseguimos una casa digna.

Enseguida pidió a su servidumbre que subiera las maletas del Turco a la que sería su habitación. Por la noche, y con el Turco como testigo, Elías y su gente se enfrascaron en un brutal despilfarro dentro de un centro nocturno llamado Cats. Propinas de cincuenta dólares a los meseros. Champaña, coñac y dos botellas del *21 años*. Más de treinta canciones pedidas a la banda. De a cien pesos por canción.

Todo sin pedir facturas.

El contador que aún habitaba dentro del alma del Turco no podía evitar hacer cuentas. Aquello se salía por completo del protocolo creado por él mismo hacía un par de años.

Elías iba con su novia y con una amiga de ella estudiante de la carrera de psicología educativa llamada Scarlett, la cual acosó al Turco durante toda la noche sin lograr su cometido. Del centro nocturno llamado Cats los hombres se dirigieron al Hong Kong, donde la Loba se encerró con dos prostitutas.

—Agarra las que quieras y llévatela para arriba, yo invito —le propuso Elías al Turco.

—No, gracias.

La desconfianza y el rencor retornaron al ánimo de Elías y de la Loba, tan pronto se percataron ambos de que el Turco era insobornable. Éste ni siquiera los había acompañado en su tomadera descarriada. Quería levantarse temprano a la mañana siguiente para estudiar su modo de trabajar.

—¿Qué vamos a hacer ahora? —preguntó, a las tres y media de la tarde del siguiente día, hora en que Elías se acababa de levantar.

—Te vas a ir con la Loba. Van a hacer unos mandados.

Y qué clase de mandados fueron ésos... Una verdadera vergüenza. Le fueron a cobrar cuota a un dueño de un puesto de ropa china en un tianguis. La Loba se fue quejando durante todo el camino de la resaca que no lo dejaba en paz. Intentaba curársela con una botella de Gatorade sabor lima-limón.

Al llegar al tianguis la Loba comenzó a ponerse prepotente. Se echaba al hombro pantalones, cintos y camisas.

—Tú también agarra —le dijo al Turco.

—No, gracias.

—¡Es cierto! —dijo la Loba—. ¡Pinche ropa corriente! —y la tiró ahí mismo.

El dueño del puesto se encontraba atendiendo el negocio junto a su hijo, de unos seis años. La Loba lo humilló frente al pequeño.

Al salir de ahí la Loba le contó al Turco de un tirador que le debía dinero. Le dijo que ya no era tirador. Que se había regenerado. Que ahora se vestía bien. Que ahora trabajaba en un minisúper metiendo cerveza al refrigerador. Que lo acompañaba para todos lados un perro labrador al que quería más que a su propia vida. El minisúper se encontraba enfrente de unas canchas de basquetbol. El lugar lo atendía un joven de aspecto oriental. La Loba preguntó por el Cuachalas. El chino señaló hacia el cuarto frío. Se escuchaban movimientos de botellas ahí dentro.

El Cuachalas aún no había visto a la Loba. Un perro de raza labrador comenzó a lamer los mugrosos dedos del hombre que había ido a cobrarle a su amo. La Loba sacó su navaja y la ensartó en el cuello del can. El perro chilló. La Loba dejó ahí clavada su navaja. El perro comenzó a gemir. Se fue acostando en el suelo poco a poco.

—Le dices al Cuachalas que ahí le dejo este recado —le comentó la Loba al hombre detrás del mostrador.

El descendiente de asiáticos no dijo nada. Simplemente se le quedó viendo. Salieron de ahí. Al arrancar comenzaron a oírse los alaridos del Cuachalas, quien salió corriendo del minisúper lanzando patadas a la carrocería del Nissan Sentra.

La Loba intentó sacar su pistola. El Turco lo contuvo.

—Ya estuvo bueno —le ordenó.

—Pero nos vamos a ver como unos cobardes.

—Ya estuvo bueno.

La Loba se percató de que el Turco iba en serio. Se guardó su pistola. El Cuachalas siguió atizando la carrocería del Sentra con patadas y puñetazos. Enseguida cogió una piedra y la estrelló contra el parabrisas.

Gritaba. Se jalaba los pelos. Lloraba. Se hallaba convertido en un kamikaze.

—Vámonos —pidió el Turco.

Por fin, la Loba se percató de que se encontraba metido en un verdadero aprieto. Había llegado el fin del supuesto reinado de Elías en Tijuana. Era como si en ese preciso instante hubiera hecho una revisión a todos los excesos cometidos durante la administración de su jefe. Comprendió qué era lo que el Turco hacía ahí.

—¿Cuánto tiempo lleva el Brujo controlando Tijuana? —le preguntó el Turco.

—¿De qué hablas?

—Lo sé todo.

—Un año, más o menos... ¿Le vas a decir a don Gil? —quiso saber la Loba.

—No —el Turco mintió.

Esa misma tarde el Turco le envió a Gilberto Sánchez el siguiente correo electrónico:

Señor, por lo que me ha tocado ver durante la semana que he estado aquí, cada día se extiende más la influencia del Brujo en esta plaza que se encuentra sin ley ni autoridad. La relación entre Elías y cualquiera de las policías se ve muy deteriorada. Pareciera como si fuera el Brujo el que estuviera protegiendo a Elías y no al revés.

Al Brujo le interesa mantener a Elías vivo, como una pantalla, con el fin de evitar la presencia de usted en Tijuana. Es por eso que Elías le está reportando prácticamente nada... Por eso y también por su manera de dilapidar recursos, los cuales obtiene extorsionando y portándose déspota con los más débiles.

Señor, definitivamente falta su presencia en esta ciudad, la cual no nos podemos dar el lujo de perder así de fácil.

Ahí le va un ejemplo:

Le pregunté a Elías por el túnel que encontraron los americanos la semana pasada por la colonia Pedro García. Quise saber quién lo construyó. No me supo decir. Intentó improvisar. Lo sorprendí en una serie de inconsistencias. Primero me dijo que tenía maras en esa colonia trabajando para él. Luego me dijo que se lo mandó a hacer a unos ingenieros. De ahí le pregunté cuál era el modo en que estaba surtiendo los pedidos, además de mandando a construir túneles hechos por maras e ingenieros civiles, trabajando mano a mano. Me dijo que desde hace tiempo que había acordado un trato con el gerente de envíos de una fábrica de televisores. Que le estaba surtiendo la mercancía a Mario dentro de estos televisores.

Le dije que quería ir a ver a esa persona. Que le marcara ahí mismo. Me contestó que no se sabía su número. Que lo iba a buscar. Le dije que lo esperaría.

Fue a su estudio. Regresó. No lo encontró. Le habló a alguien por radio. Le pidió el número de un Alberto no sé qué. Ese alguien lo tuvo esperando por un buen rato, rato en el cual Elías no paró de sudar.

—¿Me estás auditando? —me preguntó, con una sonrisita nerviosa.

—¿Ya te contestó? —le pregunté.

—Ya —dijo—, por fin.

Anotó el número. Habló con esta persona de nombre Alberto no sé qué, trabajador de la fábrica esta.

—Oye, te quiero ver —le dijo al fulano.

—¿Quién habla? —le respondió.

—Elías.

—¿Quién? —preguntó extrañado.

—Elías… Necesito hablar contigo.

—¿Quién eres?

La conversación continuó por este rumbo. Elías prácticamente le tuvo que explicar que él era el narcotraficante dueño de la mercancía que estaba cruzando al almacén de Mario. Ahí fue donde esta persona mencionó el nombre del Brujo.

Si le pregunta a Mario, éste le va a decir que le está comprando la mercancía directamente a Elías, pero la verdad es que no es así. Elías recibe los cargamentos y se los entrega al Brujo, quien se encarga de todo lo demás.

Se la paso al costo.

Saludos a todos por allá.

La respuesta de don Gil no se hizo esperar:

"Se acabó."

"Déjamelo a mí."

"Coge el primer avión para Sinaloa."

"Regrésate ya."

Al día siguiente la Loba y el Turco salieron supuestamente a probar fortuna en el casino. El Turco se había comportado muy amigable con todos en la casa antes de salir. Se permitió incluso bromear un poco con Elías. Le pidió que esa misma noche lo llevaran al Hong Kong.

—Hoy sí me voy a meter con una —les dijo.

Aquello debió de haberlos hecho sospechar. No fue así. Al contrario. Los relajó bastante. Prefirieron engañarse a sí mismos, pensando que al final de cuentas todo saldría bien.

El ambiente se encontraba bastante tenso desde la llegada del Turco. Creyeron que el consejero había decidido darles una oportunidad más. Que por fin se había dejado comprar por sus atenciones. Que se había encariñado con ellos. Que en realidad no era tan ambicioso como parecía. Se equivocaron.

—Ahora sí, cabrón, llévame al aeropuerto —le dijo el Turco a la Loba al llegar al casino, apuntándole con la .44 de Elías.

—No le vayas a decir nada a don Gil, por favor —comenzó a llorar la Loba.

—No te preocupes. No te va a pasar nada. Es sólo que tengo que hacerlo de esta manera, no sé si de otra forma ustedes me dejarían ir.

—Está bien, está bien —le respondió la Loba, aún llorando.

El Turco se sintió un poco mal por él. En realidad no era su culpa ser tan tonto. A la semana el Turco se enteraría del hallazgo del cadáver de la Loba, encontrado muerto frente a unas canchas de futbol en el fraccionamiento Villa Bonita.

Elías pidió asilo en la organización del Brujo. No se volvió a saber de él.

Se hallaba preparado el terreno para la llegada de Gabriel Acosta a Tijuana. De manera definitiva. Aunque esta historia casi nadie la conoce. Mucho menos su madre, quien le pagó sus estudios lavando ajeno y todavía se traga el cuento de que su hijo se gana la vida vendiendo autos usados en la frontera.

CUARTA PARTE

BATALLA EN EL TECOLOTE

—Pase —le ordené al alcalde, quien tan pronto entró abrió su chamarra y comenzó a extraer cajas de llenas de municiones.

—Vienen de parte de Oswaldo. Dice que son del calibre que usas.

—Déjelas en mi escritorio y váyase.

—Yo me quedo.

—Es peligroso.

—Quiero ayudarte.

Lo pensé por un instante.

—¿Qué va decir el Turco?

—¿Tú crees que no me avergüenza ver la situación en la que se encuentra mi municipio?

—Agarre ese rifle escondido bajo el tablón de madera.

—Sácame de aquí, Rodrigo. Yo también quiero ayudar —me rogó el Apache.

—Traidor —se me escapó decirle.

—¿Por qué le llamas traidor a tu amigo? —inquirió el alcalde.

—Porque me vendió por una mujerzuela —me digné a explicarle.

—¡No le llames mujerzuela a mi madre! —protestó Adalberto, anotándose sendo autogol que casi me extrae una carcajada, si no es por lo delicado de la situación en la que me encontraba.

El alcalde recitó un poema a cargo de un gachupín, quien con sus palabras exculpaba al Apache de toda culpa, centrando ésta en la manipuladora belleza de mujeres como

Ramona, Tamara, Cristina o Pilar —aquella edecán de la cervecería El Venado—, capaces de convertir en asesinos y ladrones a hombres buenos como nosotros, a quienes pagaban con su brutal indiferencia y extrema crueldad…

Finalizando con el siguiente verso:

Hablo d'aquel cativo,
de quien tener se debe más cuidado,
que está muriendo vivo,
al remo condenado,
en la concha de Venus amarrado.

—¡Qué bárbaro! —aulló el Apache desde su celda.

Saqué a mi amigo del bote y le regresé su pistola.

—Gracias —dijo.

—Agradécelo al alcalde —dije.

Lo que sucede es que siempre he respetado a las personas estudiadas, y con esto no me refiero a charlatanes como el profesor Cisneros y su cantaleta esa del mentado "monopolio de la violencia", con lo cual chingaba tanto y ya parecía grabadora, siempre diciendo lo mismo.

Para serles franco, siempre noté algo desequilibrado al profesor Cisneros. Como si se encontrara siempre fuera de balance, o como si le faltase un ingrediente a su receta y por ello sus alumnos lo agarraban a nalgadas en la vía pública. Y supongo que por ello también esa noche le dio por salir vestido de mujer.

Como lo oyen.

Sucedió de la siguiente manera:

Para las once y media de la noche El Tecolote se encontraba enfrascado en una verdadera pachanga, con los buchones tomando, bailando y orinando en plena calle, como es su costumbre, pero ahora incluso acompañados por las señoritas del Tecolote, quienes se encontraban ansiosas de bailar con aquellos palurdos, sin importarles sus pésimos modales, lo cual supongo que fue lo que empujó al profesor Ernesto Cisneros a hacer lo que hizo, porque en ésas estaban cuando de pronto se comienzan a oír los aullidos y chiflidos dirigidos a algo que se aproxima caminando por la avenida principal. Para ese entonces yo ya no pude aguantarme la curiosidad y me asomé por la ventana. Casi me voy de espaldas al ver a este maricón como de metro ochenta, todo pintado de la cara, en minifalda, medias y caminando en tacones.

Tan pronto llegó al centro del guateque, el profesor de primaria se plantó frente a la comisaría y me comenzó a increpar con la boca pintada de carmín y sus pestañas cargadas de rímel, diciéndome que "ya era hora de que se vinieran abajo las hipocresías pueblerinas", que porque cada quien es libre de ser como es sin temor a los agentes represores del gobierno y no sé qué otra idiotez. Todo lo cual a mí ya me estaba poniendo nervioso, no porque me sintiera amenazado por aquellas palabras, sino porque en cualquier momento podía comenzar la confrontación y, estoy seguro, un maricón herido en medio del fuego cruzado no le hubiera hecho ningún bien a nuestra causa.

—Profesor Cisneros, quítese de ahí —le pedí de buena manera.

—¡No! ¡Ni madres! ¡Tú no le vas a quitar al pueblo su derecho a manifestarse! ¡De ninguna manera! —chilló aquel esperpento con su diadema rosa y su cabello enchinado.

Al parecer también se encontraba borracho, o quizá era que todavía no estaba muy acostumbrado a caminar en tacones.

—¡La calle es nuestra! ¡La calle es nuestra! ¡No teman! —agregó, justo antes de encontrar pareja, un buchón como de doscientos kilos con un enorme pene estampado en su camiseta, y ponerse a bailar *de caballito* con él.

Ya podrán imaginarse el espectáculo que estaba dando este señor vestido de mujer y las carcajadas que provocaba, siendo ésta la clase de comicidad que más festejan los buchones de la región. No estaba muy de acuerdo en tolerar semejante descaro en plena vía pública, sin embargo tampoco podía hacer nada al respecto, al menos no por el momento.

Y en eso habló el Turco, a quien también se le veía bastante molesto, rodeado de tanta gentuza:

—Rodrigo, más vale que salgas de ahí y liberes al alcalde o me veré obligado a entrar por la fuerza. Tienes hasta las doce de la noche para tomar una decisión.

—Turco, el alcalde se quedó por su cuenta, y también quiero que sepas que los habitantes del Tecolote no tienen dueño, al contrario, tienen todo el derecho a votar por quien les plazca el día de mañana. Yo mismo veré que así se haga.

—¡Asesino, libera a mi hijo! —gritó Fernando Guerra, quien ahora abrazaba a Ramona Zúñiga.

—Jefe, a éste yo me lo cargo —habló Marco Antonio Román, armado con su metralleta y envalentonado por los litros de cerveza que debió haberse bebido esa noche.

—¡No, Marco! ¡Tú quédate aquí! —le dijo Felipe Román, tomando a su hijo de la camisa.

El muchacho lo hizo a un lado de un empujón. Mi viejo amigo cayó al suelo.

¿Qué puedo decir? Había tenido suficiente de este muchacho malcriado. Me había colmado la paciencia.

Coloqué mi Colt dentro mi pistolera y me preparé para salir.

Bufando de coraje.

—Voy a salir, muchachos… Cúbranme.

—Sí —contestaron los dos, colocándose cada uno en una de las ventanas.

Debía confiar en ellos. No me quedaba de otra. Tan pronto abrí la puerta se hizo un silencio sepulcral. Todo El Tecolote había estado esperando este momento por mucho tiempo. Sabían lo que pasaba cuando me sacaban de mis casillas y ahora se podía decir que me encontraba bastante molesto con todos. Eso también lo sabían.

Bajé los escalones de la comisaría. Caminé lento pero decidido hasta donde se encontraba el muchacho de la metralleta, sin quitarle la mirada de encima. Éste pasó saliva. Fue la señal. Supe que no habría por qué recurrir a mi revólver. Me acerqué un poco más.

—¡No me lo mates! —imploró Felipe Román.

El muchacho permanecía con los pies clavados al suelo. Estático. Ni siquiera levantó su arma, la cual seguía apuntando hacia el suelo.

Se la arrebaté.

El muchacho pasó saliva otra vez.

Dio media vuelta, humillado.

—¿Adónde vas? —quise saber.

—A mi casa —me respondió, sin voltearme a ver.

—Te equivocas.

—¿Qué?

—Quedas detenido por portación ilegal de armas —le dije, tomándolo del cuello de la camisa y llevándomelo conmigo.

Le entregué el cuerno de chivo al alcalde, metí al muchacho a la comisaría de una patada en el trasero y todavía me volví para decirle algo más a todo el pueblo del Tecolote:

—La ley del Tecolote sigue vigente, para todo aquel que se quiera pasar de listo...

Todavía me encontraba parado en el pórtico, a punto de darle la espalda a la muchedumbre, cuando escuché el amartillar de un arma. Me volví. Desenfundé. Pasé mi vista por el ejército de buchones, sin embargo no vi que ninguno de ellos me apuntara.

—¡No! —gritó Tamara, quien ahora luchaba con Ramona Zúñiga por una pistola.

Se escuchó una detonación. Tamara cayó al suelo. El revólver de Ramona Zúñiga ahora apuntaba hacia mí, por lo que solté un latigazo de plomo que dio justo en su hombro. Fernando Guerra, parado a mi derecha, sacó a relucir su metralleta y me intentó apuntar con ella, sin embargo el Apache lo dejó fuera de combate desde su posición.

El pánico se generalizó. Un proyectil fue a dar en la cadera de Ernesto Cisneros, quien profirió un alarido de dolor. Otros más pasaron por encima de mi cabeza. Muy pronto el resto de los mitoteros fueron a buscar cobijo lejos de las balas.

Subí a Tamara sobre mis hombros y corrí en dirección a la comisaría, con el fuego del Apache y el alcalde cubriéndome la retirada. Tamara había sido herida de manera grave.

—Déjame aquí, Rodrigo —me decía ella—. Me lo merezco...

No le hice caso. Di media vuelta. Reynaldo Guerra intentó bloquearme el paso. Lo hice a un lado de un plomazo en el pie. Intenté reanudar mi marcha, sin embargo me encontraba rodeado por varios buchones hambrientos de sangre. Supuse que había llegado mi hora, por lo que cerré los ojos y le dije a Tamara:

—Te quiero.

—Yo también.

Cuando en eso llega la caballería, comandada por don Oswaldo Guerra, quien colocó a la gente del Turco entre los rifles y carabinas de los ejidatarios del Tecolote y el fuego proveniente de la comisaría. Con todo y que se encontraban completamente expuestos, la superioridad de las AK-47 en manos de los buchones se imponía con su traqueteo ensordecedor. Don Timoteo, Toribio y Reynaldo Guerra cayeron heridos. Tres buchones también.

Aprovechando la confusión, intenté escabullirme, arrastrándome junto con Tamara por el suelo; sin embargo esta vez fue el Turco quien se interpuso en mi camino, con su M1 apuntándome, listo para actuar.

No tenía escapatoria.

—Traidor —me dijo, realmente enfadado, con los proyectiles disparados por los ejidatarios pasándole por un lado.

A diferencia de él, yo no le guardaba ningún rencor. Sabía que estaba en todo su derecho de jalar el gatillo. Sabía lo mucho que le había costado mi paso por El Tecolote, donde según él me había mandado para combatir la influencia de Gustavo García, alias *el Cóndor*.

¿Él qué iba a saber que caería presa de este repentino ataque de rectitud luego de que me ofrecieran el puesto de comisario? Él simplemente estaba haciendo su trabajo, impidiendo el avance de sus rivales sobre lo que él consideraba sus terrenos.

—Adiós —me dijo, y entonces yo volví a cerrar los ojos, abrazando a Tamara, y lo que escuché a continuación fue la cosa más rara:

—¡Ángel Gabriel Acosta Rentería! —rugió desde muy lejos mi admiradora número uno en Los Pinitos.

—¡Alto al fuego! ¡Alto al fuego! ¡Es mi mamá! —comenzó a gritar aquel sanguinario narcotraficante, pillado con las manos en la masa por su propia madre.

—¿Pero qué te crees que estás haciendo con esa metralleta? —preguntó doña Amelia Acosta, al caminar, junto a su hija, rumbo al centro de la calle.

—¿Qué?

—¡De modo que toda esta gente trabaja para ti!

—No, mamá…

—¡Cállate, embustero! Tenías a tu hermana bien nerviosa. Le pregunté qué estaba pasando y me lo contó todo…

—¿Te dijo que el comisario quería hacer fraude en las elecciones de mañana?

—Me dijo que estaba defendiendo al pueblo de tu influencia porque no lo pudiste comprar con tu dinero ensangrentado. Me dijo que tienes comprado a Julio Torrontegui para que haga todo lo que tú quieres cuando gane las elecciones… Yo no te eduqué de esa manera, Gabriel.

—¡Llámenle al doctor! —los interrumpí—. ¡Mi mujer está muy grave!

—¿Qué esperas? —le preguntó doña Amelia a su hijo—. ¡Píquele! —como quien manda a su hijo por las tortillas.

Aún tenía a Tamara en mi regazo. Su perfume barato olía más bonito que nunca. Y ella me abrazaba también. ¿Les he dicho lo tersos que eran sus brazos y sus hombros? Suaves, cálidos y rojos…

—¿Recuerdas cuando me llevaste a la comida china? —me preguntó.

—Sí.

—Fue el momento más bonito de toda mi vida, Rodrigo.

—El mío también.

—Tú no te merecías una mujer como yo…

—No te preocupes, mi amor, a los comisarios nos gustan las mujeres difíciles de domar.

—Quiero que cuides de mis hijos…

—Lo haremos juntos.

Ella sonrió. El Turco llegó en ese mismo momento junto al doctor. Resultó que la herida no era tan grave como yo pensaba. La bala no dañó ningún órgano vital. Tamara se podía salvar. La llevamos a la comisaría y ahí mismo el doctor le limpió la herida y la vendó; el resto de los heridos podían esperar.

—Va a estar bien, sólo necesita reposo —opinó el doctor.

Caminé a la puerta de la comisaría y miré al exterior. La avenida principal se hallaba atiborrada de cadáveres de tipejos que nadie iría a extrañar, sin embargo no podía quedarse de esa manera para el día de las elecciones.

—Atienda al resto de los heridos, doctor. Nosotros nos quedaremos a limpiar —propuse, más o menos como a las dos de la mañana.

—¡Gabriel! —volvió a rugir doña Amelia.

—Mande, mamá —se acercó diligentemente el narcotraficante Gabriel Acosta, alias *el Turco*.

—¡Ayúdale al comisario a limpiar el cochinero que dejaste!

—Sí, sí. Ahora voy —dijo, muy acomedido.

—No se preocupe, comisario, mi hijo le va a ayudar.

—¡Vengan, muchachos! ¡Hay que limpiar este cochinero! —se le escuchó decir al narcotraficante.

Estaba amaneciendo para cuando terminaron de enterrar a todos los cadáveres. En cualquier momento llegarían los representantes de cada partido y los observadores a instalar la casilla. Por ningún motivo debía quedar rastro de lo sucedido la noche anterior.

Para mi asombro, la jornada electoral transcurrió sin mayores incidentes. Don Gilberto Sánchez, actual propietario de la cerveza El Venado y del equipo de beisbol Los Camaroneros de Bahía de Venados, arrasó con un setenta y cuatro por ciento de los votos a su favor, los cuales terminaron por ser decisivos en el conteo general.

—Supe lo que hiciste por mí allá en El Tecolote, hijo. Te lo agradezco. Deberías de venir a trabajar para mí, aquí a la capital —me dijo el gobernador electo, luego de que me mandó llamar a su cuartel de campaña ubicado en la capital del estado.

—Lo siento, don Gil, yo ya me salí de *eso*.

—Yo te decía dentro de mi equipo de seguridad —respondió, ofendido.

—Me gustaría que le dejara construir su pista a Gabriel en El Tecolote. La necesita para sobrevivir.

—Veré qué puedo hacer.

—Hable con él. Arreglen sus diferencias de una vez por todas.

—Sólo le pedí que reconociera a la criatura. No se dignó a hacer ni eso...

—Usted no conoce a la esposa del Turco. De lo que es capaz...

—Lo sé, siempre fue muy mandilón, pero ésa no es ninguna excusa.

—Hable con él, por favor.

—Sólo por lo que hiciste por mí... —dijo Gilberto Sánchez.

—Eso no fue nada.

* * *

Cuidaba a Tamara por segundo día consecutivo. Le llevé a la cama su vaso con agua y sus pastillas. Le di un beso en la frente. No me importaba su traición. No era su culpa. Le había pedido trabajo a don Ruperto Zúñiga pensando en sus hijos, los cuales se encontraban en Nayarit sin saber nada de ella.

Eso es lo que me gusta de Tamara, que siempre ha sido una mujer fuerte y de armas tomar.

—¿Cómo te sientes? —le pregunté.

—Mejor.

—Voy a traerte una gelatina.

—Mejor un flan —pidió.

—Hecho.

—Rodrigo —me dijo, tomándome de la mano, cuando me disponía a ir.

—¿Qué?

—Vámonos de este pueblo.

No supe qué responder a esto. Mientras lo pensaba alguien tocó a la puerta de nuestra habitación. Fui a abrir. Se trataba de Concha. Llevaba puesta una blusa negra, escotada, de licra y tirantitos, gracias a la cual lucía sus esponjosos hombros morenos, además de una minifalda de tejido vaquero. Sus tacones destacaban sus fibrosas pantorrillas, sin embargo, y a pesar de lo alto de la plataforma, su hermoso rostro seguía sin llegarme al pecho.

Me abrazó con mucho cariño, colocando su mejilla en mi abdomen.

—¡Qué bueno que te veo! —exclamó.

—¿Qué pasa? —inquirí.

—Te necesitamos —me dijo, desesperada.

—¿Quiénes?

—Las muchachas.

—¿Por qué?

—El negocio del Cóndor ahora es nuestro. Nos está yendo muy bien. El problema es que nos están extorsionando unos municipales. ¡Te pagamos lo que sea por que nos protejas!

La propuesta me interesó de inmediato. Representaba la oportunidad de empezar otra vez de cero, al lado de Tamara y lejos de la gente chismosa del Tecolote, quienes seguramente la tratarían muy duro por haberme traicionado de la forma en que lo hizo, como si ellos no hubieran hecho lo mismo.

—¿Qué dices? —le pregunté a Tamara.

—Vámonos de una vez —propuso, intentando pararse de su cama.

Fue ahí que comprendí que uno no puede andar negando su pasado por demasiado tiempo, ya que éste constantemente llega a tu puerta para recordarte quién eres y para dónde vas.

No pude haber obrado de otra manera en ninguna de las situaciones a las que me enfrenté durante mi experiencia como *sheriff* del Tecolote. No me arrepiento de nada de lo que hice.

Uno debe ser siempre un profesional en todo lo que hace. *Sin buscar pretextos.*

Esta vez me disponía a ser un profesional en la trata de blancas. Sería el mejor chulo de todo México.

Tenía el apoyo de Tamara.

No sabía por cuánto tiempo sería eso.

Índice

Chinola Kid, de Hilario Peña,
se terminó de imprimir en noviembre de 2012
en los talleres de Litográfica Ingramex, S.A. de C.V.
Centeno 162-1, Col. Granjas Esmeralda,
C.P. 09810 México, D.F.